Hans Adelmann

einfacher leben

Hans Adelmann: einfacher leben

www.edition-a.at

Konzept: Rudolph Lobmeyr
Lektorat: Ondřej Cikán, Dino Beck

Cover: Hidsch
Gestaltung: Raphaela Brandner
Druck: Theiss (www.theiss.at)

Gesetzt in der *Premiera*

1 2 3 4 5 6 — 16 15 14 13

ISBN 978-3-99001-055-6

Hans Adelmann

einfacher leben

edition a

ICH WENDE MICH AN DIE SUCHENDEN

An einem Märztag vor rund fünfzig Jahren traf ich in Toronto die für mein Leben wichtigste Entscheidung. Ich stellte damals mit meinem Bruder in dessen kleinem Betrieb Werkzeuge für Autobauer her. Er hatte nach dem Krieg in der Steiermark den Beruf des Werkzeugmachers erlernt, ich den des Drehers. Frank, mein Bruder, war nach Kanada gegangen, hatte eine Werkstatt aufgemacht und mich nachgeholt, als er seinen ersten Mitarbeiter gebraucht hatte. An jenem Märztag, von dem ich später noch mehr erzählen werde, stellten wir fest, dass wir unterschiedliche persönliche Ziele verfolgten. Frank wollte der Beste in allem werden was er tat, ich wollte ein einfaches Leben führen.

Wir blieben beide unseren Zielen treu. Frank baute den weltgrößten Autozulieferkonzern auf. Er gründete weltweit mehr als 300 Firmen. Daneben wurde er einer der erfolgreichsten Vollblutzüchter und Betreiber von einem Dutzend Rennbahnen sowie einer Rinderfarm, die so groß ist, dass er einen Hubschrauber braucht, wenn er von einem Ende zum anderen will. Ich dagegen habe meine Familie und mich mit meiner Hände Arbeit ernährt, mehr als zweitausend Mal meinen Lieblingsberg, die Hundwiler Höhe im Appenzeller Hinterland, bestiegen und lange Zeit eine Berghütte ohne Strom und fließend Wasser bewohnt. Mein Einkommen lag vermutlich unter der Summe, die Frank bekam, wenn einer seiner besten Hengste die Stute eines anderen Züchters deckte.

Manchmal fragen mich Menschen, die einmal vom großen Los geträumt haben oder es noch immer tun, wie das für mich ist. Jetzt, mit vierundsiebzig Jahren. Sie unterstellen, dass das große Los, oder was sie dafür halten, in dieser Werkstatt für mich in Reichweite gewesen war. Nun wollen sie wissen, was ich von meiner Entscheidung, diese Chance gegen ein einfaches Leben zu tauschen, heute halte.

Ihre Neugierde ist größer, als sie es noch vor zehn oder zwanzig Jahren war. Das hat nicht nur damit zu tun, dass mir meine weiß gewordenen Haare inzwischen den Anschein von Weisheit verleihen. Vor allem wächst in unserem Teil der Welt, den das Industriezeitalter so lange mit seinem Tand zugeschüttet hat, die Sehnsucht nach echtem Leben wieder und die Frage, was echtes Leben eigentlich ist, wird drängender.

Deutlicher als die Generationen vor ihnen fühlen die Menschen jetzt die Notwendigkeit, gewohnte Lebensweisen zu ändern. Zu offenkundig ist es geworden, dass sie nicht mehr richtig funktionieren. Viele fühlen sich schon als ihre Opfer. Sie stehen zum Beispiel in ihren Wohnungen und fragen sich, warum sie um ihr hart erarbeitetes Geld drei Fernseher gekauft haben, obwohl sie doch immer nur einen benützen können. Nun suchen manche von ihnen den Mut, ihre Lebensweise zu ändern.

»Hans«, sagen sie, wenn ich ihnen von mir erzähle, »wenn du damals in Toronto die andere Richtung gewählt hättest, wärst du jetzt vielleicht so reich wie dein

Bruder oder zumindest viel reicher, als du es bist. Sei ehrlich, hast du deine Entscheidung je bereut?«

Meine Haare mögen weiß sein, trotzdem glaube ich nicht, dass ältere Menschen jüngeren viel zu sagen haben, was deren Wirklichkeit standhält. Ich glaube vielmehr, dass jede Generation ihre eigenen Erfahrungen machen muss. Ich habe das bei meinen beiden Töchtern erlebt. Jede Generation muss sich selbst neu erfinden. Auf diese Art dient sie der Welt, deren tiefster Sinn die Evolution ist.

Auch bin ich kein Philosoph. Mein einfaches Leben war nie ein Experiment und es sollte nie jemandem als Vorbild dienen. Ich habe nach nichts gesucht und ich war nie von einem Drang nach Erkenntnis getrieben. Ich habe zwar lange Zeit an einer Schule in der Schweiz gearbeitet, aber ich habe mich nie als bedeutend genug empfunden, etwas an andere Menschen weiterzugeben. Ein Vermächtnis zu hinterlassen. Oder gar, meine eigenen, für mich selbst gültigen Erkenntnisse auf ein Podest zu stellen und damit eine Veränderung der Gesellschaft zu betreiben. Ich war an jener Schule nicht einmal Lehrer, sondern ich sorgte dafür, dass alle Lampen leuchteten, alle Heizkörper wärmten, alle Fenster und Türen schlossen und alle Wasserhähne dicht waren.

Selbst die Menschen hier in meiner kleinen Welt nahe dem Bodensee, deren Nachdenklichkeit ich mit meinem Lebensstil vielleicht wecke, betrachten mich nicht als Philosophen. Manche von ihnen nennen mich zum Spaß den glücklichen Hans, was wohl mit der naheliegenden Verbindung zwischen meinem Namen und dem Wort »Glück« zu tun hat, und damit, dass mein Glück einigen wie ein naives, gar nicht besonders erstrebenswertes vorkommt. Es scheint eines zu sein, das am Wegesrand liegt. Nach dem sich jeder bücken könnte.

Die Frage, wie ich heute zu meiner wichtigsten Entscheidung stehe, hat mich als gänzlich unphilosophischen Menschen früher nicht herausgefordert. Lange habe ich mich mit einer knappen Antwort begnügt: Ich habe meine Entscheidung niemals bereut. Rund fünfzig Jahre sind seit dieser Entscheidung nun vergangen. Fünfzig Jahre, die sich manchmal wie eine kleine Ewigkeit und manchmal nur wie ein paar Tage anfühlen. Da geht es mir ganz wie anderen Menschen, die das Privileg haben, ein höheres Alter zu erreichen. Manche Eindrücke verschwimmen mit der Zeit. Manche treten besonders klar hervor. Manches habe ich wohl ganz vergessen, doch ich weiß, dass ich alle Möglichkeiten, meine Entscheidung für ein einfaches Leben noch einmal zu revidieren, immer aus tiefster Überzeugung ausließ. Soweit ich es beurteilen kann, habe ich auf diese Art in den vergangenen fünfzig Jahren ein glücklicheres Leben geführt als die meisten Menschen, die ich kommen und gehen gesehen habe.

Das heißt nicht, dass meine Welt eine heile und perfekte wäre. Dass ich mich nie in Frage stellen müsste. Ich erlebe Momente einer unbestimmten Sehnsucht. Die hat es in meinem Leben immer gegeben, schon als ich noch ein Kind war, und nichts hat diese unbestimmte

Sehnsucht je ganz und endgültig erfüllt. Manchmal sitze ich mit einem Stück Brot, Käse und einer Thermoskanne voll Tee auf einem Baumstumpf und aus dem Nichts löst etwa ein Kondensstreifen, den ich durch ein paar letzte vormittägliche Nebelschlieren am Himmel sehe, diese Sehnsucht in mir aus. Dann fällt mir meine Zeit in Kanada ein, die Arbeit in Franks Werkstatt, aber auch meine anschließenden Reisen durch das Land. Fernweh. Ich denke dann, dass es Fernweh ist. Irgendetwas bringt mich immer zurück in die Gegenwart. Ein Föhn, der vom Tal heraufsteigt und endgültig die Sonne mitbringt, oder die Kirchenglocken, die von Gonten, einem Ort am Fuß der Hundwiler Höhe, heraufklingen. Wenn das nicht reicht, dann reise ich. Ich bin den Jakobsweg gegangen und habe weite Teile der Welt gesehen.

Vielleicht empfindet mein Bruder manchmal eine ähnliche unbestimmte Sehnsucht, wenn er an einem Sommertag irgendwo am Rand eines Hubschrauberlandeplatzes eine Blume stehen sieht, die sich im Wind der zum Stillstand kommenden Rotoren biegt. Wenn er für wenige Augenblicke hinabtaucht in die Welt dieser Blume, zu der auch die Holzhütte zu gehören scheint, die sich dann vielleicht etwas abseits aus einer Wiese erhebt, und der Bergkamm weiter in der Ferne. Vielleicht hat jedes Glück einen Rand, den eine unbestimmte Sehnsucht markiert, und wenn das so ist, dann ist diese Sehnsucht ein Teil jedes glücklichen Lebens.

In den vergangenen Jahren überlegte ich mir häufiger, was ich denen sagen könnte, die von mir eine Ermutigung bei der Suche nach ihrem eigenen Glück erwarten. Manche stellten mir die Frage, als hätten sie ein Anrecht auf eine umfassende Antwort und ich dachte, dass es trotz allem die Pflicht der Alten ist, den Jüngeren zu sagen, was sie wissen, wenn die danach verlangen.

Ich fragte mich, welche Erkenntnisse ich aus meinem Leben ableiten könnte, deren Verallgemeinerung vielleicht gewagt wäre, die aber doch wie kleine Aphorismen andere Menschen zu einer tieferen Wahrnehmung ihres eigenen Daseins anregen könnten. Ich habe tatsächlich einige Dinge entdeckt und sie mit Hilfe eines Lektors und meines Verlegers in dieses Buch geschrieben.

Ich wende mich damit nicht an jene, die zufrieden sind. Die Bestätigung für ihre Leistungen erhalten und die ihr Schicksal gerade hofiert. Die haben keine Fragen an die Alten. Ich wende mich damit auch nicht an meinen Bruder. Ihm ist die Art von Glück zuteil geworden, die sein Lebensentwurf bietet. Sein Vermögen ist bei seinem redlichen Bemühen entstanden, das Beste zu geben, und er ist immer großzügig damit umgegangen, auch mir gegenüber. Mein Bruder findet sich in den Dingen, die er verwirklicht. Ich wünsche ihm, dass die Bestätigung, die ihm die Welt dafür gewährt, seine Seele so sehr wärmt, wie die Hundwiler Höhe mit ihren Weiden an den Südhängen, den alten Linden neben den Sommerställen und den Fichten, die sich an ihrer Nordseite erheben, die meine.

Ich wende mich vielmehr an jene Menschen, die sich im täglichen Mühlrad von allgemein üblichen Lebensentwürfen abrackern, für die sie sich nie richtig entschieden haben, und deren Erfüllung sie trotzdem für ihre Pflicht halten. Die den ganzen Tag hart arbeiten, um sich diese drei Fernseher leisten zu können und all den anderen Ballast, den sie durch ihr Leben schleppen. Die dabei auch noch ständig in Sorge leben müssen, ihr ökonomisches Konstrukt könnte einstürzen und sie und ihre Familien unter sich begraben. Denen der Versuch, dem allgemein Üblichen zu entsprechen, dabei nicht einmal richtig gelingt, weil es das allgemein Übliche an sich hat, dass ihm nie ein einzelner Mensch in allen Punkten entspricht.

Drei Dinge möchte ich vorausschicken. Drei, von denen ich nach langem Nachdenken glaube, dass sie tatsächlich Anspruch auf Allgemeingültigkeit haben. Es sind nicht meine ureigenen Erkenntnisse. Viele Menschen hatten sie vor mir. Viele haben, wohl in der Euphorie der Veränderung, die diese Erkenntnisse bei ihnen gebracht haben, schon versucht, sie weiterzugeben. Viele sind daran gescheitert. Weil manche Erkenntnisse jeder Mensch selbst haben muss, damit sie sein Leben bereichern können. Auch ich scheitere vielleicht damit. Sie sind den Versuch trotzdem wert.

Erkenne den Wert der Zeit

Viele Menschen bücken sich deshalb nicht nach dem Glück am Wegrand, weil ihnen der Mut dazu fehlt. Unter der Last ihrer eingelernten oder eingebildeten Wünsche und Ziele wagen sie es nicht. Sie fürchten, aus dem Tritt zu kommen und alles zu verlieren.

Ich habe damals in Toronto meinen Mut, gesellschaftlich legitimierten Werten wie Aufstieg, Geld und Einfluss eine Absage zu erteilen, aus meinem Wissen über den Wert der Zeit bezogen. Der Wert der Zeit war mir immer schon bewusster als anderen Menschen. Bewusster als den Menschen meiner Jugend, die nach dem Krieg die Möglichkeiten des Aufbaus und des Wirtschaftswunders um jeden Preis zu nutzen trachteten und sich den materiellen Geschenken dieser Zeit hingaben. Bewusster auch als den Menschen heute, die sich den materiellen Geschenken der Gegenwart hingeben, weil sie nicht genau wissen, was sie sonst tun sollen. Kaum wusste ich als junger Mann, wie ich leben wollte, wäre mir jede andere Art zu leben wie reine Verschwendung meines wertvollsten Gutes, der Zeit, erschienen. Es gab nichts, worauf ich warten wollte, und erst heute weiß ich, wie sehr ich mich in diesem Punkt von anderen Menschen unterschied.

Denn das Bewusstsein für die Bedeutung ihres eigenen, selbst entworfenen Lebensweges ist so gut wie allen jungen Menschen noch gemeinsam. Und doch treten so viele von ihnen ihr Leben als eine Art Provisorium an. Sie erwarten, dass ihr richtiges Leben erst irgendwann später beginnt. Dann, wenn das meist den gesellschaftlichen Gepflogenheiten gewidmete Provisorium genug Früchte getragen hat und sie es sich leisten können. Dabei kann das Leben niemals nur ein Provisorium sein.

Jeder Tag, jede Stunde, jede Minute und jede Sekunde vergehen für jeden einzelnen Menschen nur ein einziges Mal.

Bei wie vielen von den Menschen, die unwissentlich ein Provisorium zu ihrem Schicksal gemacht haben, schwindet die Erwartung dieser fernen besseren Zukunft mit den Jahren und macht einer inneren Leere Platz? Sie sagen dann, dass sie erwachsen geworden sind. Doch einen Traum zu verlieren hat nie etwas mit Erwachsenwerden zu tun, sondern immer nur etwas mit Resignation, und dass es anderen nicht besser geht, ist nie ein richtiger Trost.

Das wertvollste an der Zeit ist der Augenblick

Fast alle Menschen, die ich kennengelernt habe, konnten relativ gut damit umgehen, wenn sie äußere Umstände zu einem einfachen Leben zwangen. Dass sie über kürzere oder längere Zeitspannen hinweg das Auslangen mit bescheidenen Mitteln finden mussten, bedeutete für sie nicht automatisch eine Zwangslage oder eine Notsituation. Irgendetwas hatten die meisten von ihnen, worauf sie bauen konnten. Ihre Gesundheit, ihre Familie, ihre Hoffnung oder was auch immer.

Sehr viele Menschen in unserem Teil der Welt, die unter Armut leiden, tun es indirekt. Sie leiden nicht an der Armut selbst, sondern an der Angst vor ihr. Sie quält der Gedanke, später, von äußeren Umständen gezwungen, mit bescheidenen Mitteln das Auslangen finden zu müssen. Es macht dabei keinen Unterschied, wie arm oder reich sie objektiv sind. Die Angst der Armen, später einmal nichts zu haben, ist um nichts leichter zu ertragen, als die Angst der Reichen, später einmal alles zu verlieren. Die in unserem Teil der Welt am meisten verbreitete Form der Armut ist die Angst vor der Zukunft. Ein Mensch hingegen, der ein einfaches Leben führt und spürt, dass er immer haben wird, was er dazu braucht, wird sich stattdessen reich fühlen.

Der Punkt, an dem die Angst vor der Zukunft endet, liegt dort, wo sich ein Mensch darauf besinnt, was er wirklich braucht, und feststellt, dass es weniger ist, als er gedacht hat.

Hätte ich in meiner Berghütte Nippsachen aufgestellt, kleine hübsch gerahmte Bilder von meinen Reisen zum Beispiel, oder auch nur Steine oder interessante Wurzeln, die ich auf meinen Wegen fand, hätte ich sie regelmäßig abstauben müssen. Ich hätte mich unweigerlich gefragt, ob sie die Zeit, die ich ihnen widme, wirklich wert sind angesichts der Welt um mich und in mir, die mir zu jedem Zeitpunkt zur Verfügung steht, und die mich mehr inspiriert, als mich jedes einzelne ihrer Artefakte inspirieren könnte. Eine zweite Feuerstelle, ein zweiter Brunnen oder eine zweite Pritsche wären innerhalb der natürlichen Ordnung meines Lebens in der Hütte geradezu verrückt gewesen. Diese Art von Überfluss, der so viele Menschen nachstreben, ist tatsächlich verrückt und eine Welt, in der dieses Streben notwendig erscheint, ist es selbst.

Wenn ich noch eine Pritsche, noch einen Brunnen und noch eine Feuerstelle gehabt hätte, oder wenn mir ein zweiter Sternenhimmel zur Verfügung gestanden wäre, hätte das mein Leben um nichts besser gemacht, nur anstrengender. Ich hätte zum Beispiel im Winter zwei Brunnen mit Stecken markieren müssen, um morgens beide aus dem Schnee zu graben.

Wenn ich mir das Leben als, sagen wir einmal, zehntägigen Urlaub vorstelle, dann geben jene, die nach mehr Besitz streben, als sie brauchen, ein merkwürdiges Bild ab. Am ersten Tag orientieren sie sich. Die nächsten beiden Tage verbringen sie mit der Jagd nach Privilegien. Ein besseres Zimmer. Die beste Liege am Pool. Den besten Tisch im Frühstücksraum. Die besten Ausflüge zu den attraktivsten Konditionen. Am dritten und vierten Tag merken sie, dass andere Gäste noch mehr Privilegien haben und bemühen sich ihrerseits darum. Am fünften und sechsten Tag machen sie Fotos und Videos, damit ihre Verwandten, ihre Freunde und sie selbst hinterher wissen, wie schön ihr Urlaub gewesen ist. Am siebten Tag, dem Urlauberschichtwechsel, sorgen sie dafür, dass ihre Privilegien nicht unversehens den Neuankömmlingen zufallen. Am achten Tag bereiten sie ihre Abreise vor. Am neunten Tag denken sie darüber nach, wie und wo sie ihren nächsten Urlaub verbringen könnten. Am letzten Tag gehen sie eine Runde durch ihr kleines Urlaubsparadies. Sie sehen ein Kind am Strand spielen, einen Mann den Wellensaum entlangspazieren oder eine Frau ihr Gesicht in die Brise vom Meer halten. Dabei werden sie melancholisch. Schon wieder vorbei, denken sie. Die Zeit vergeht so schnell und keiner kann sie festhalten. Dabei ahnen sie, dass dem Kind, dem Mann oder der Frau genau das sehr wohl gelungen ist. Das macht sie noch melancholischer. Dieses Privileg, um das es eigentlich gegangen wäre, haben sie verpasst.

Das Wissen, dass ein Mensch erstaunlich wenig braucht und dieses wenige immer haben wird, erfordert ein gewisses Urvertrauen. Urvertrauen ist angeblich schwer zu erlangen. Es kommt nicht mit dem Vermögen, sei es auch ein noch so großes. Manche Pessimisten meinen, das Urvertrauen werde einem von liebenden Eltern durch den Schutz und die Sicherheit, die sie einem als kleines Kind gewähren, in die Wiege gelegt, oder eben nicht. Ich denke, dass diese Pessimisten irren. Urvertrauen ist nichts anderes als das Vertrauen auf den jeweiligen Augenblick, und das kann jeder Mensch lernen.

Es geht darum, das ewige Denken auszuschalten. Den schmalen Grat zu finden, an dem die Zukunft und die Gegenwart aneinander reichen, und diesem Grat zu folgen. Dort gibt es nichts, das uns fehlt. Dort sorgen wir uns nicht und leiden an keinen Ängsten. Dort brauchen wir keine Hoffnungen und keine Erinnerungen, um uns daran zu stützen. Dort sind wir eins mit allem.

Viele Menschen schaffen das nicht. Ihre Ängste vor künftiger Not oder um ihren Besitz halten sie in der Zukunft fest. So nehmen sie den Augenblick gar nicht erst wahr.

Ich nehme den Augenblick beim Wandern auf die Hundwiler Höhe wahr. Ich gehe vor mich hin, gehe in dieser Welt auf, die bei jedem meiner Aufstiege die gleiche und doch immer eine ganz andere ist. Ich denke dabei nicht einmal, dass ich nicht denke. Die ständige Wiederholung, die Sicherheit, die diese Wiederholung bietet, und die Abenteuer in ganz kleinen Dingen, die sie ermöglicht, spielen dabei eine Rolle. Der Aufstieg ist Meditation und Meditation in dieser Form ist wahres Leben.

Wer einfach lebt, hat einen wacheren Blick für das Wesentliche

Ich habe, anders als Frank, in meinem Leben nichts Großes vollbracht. Nichts, das mir einen Eintrag auf »Wikipedia« beschert hätte oder das noch viele Menschen beschäftigen wird, wenn ich gegangen sein werde. Ich habe den Drang zu wandern, immer wieder die Hundwiler Höhe und andere Berge zu besteigen. Das bringt mich mir näher und es ist meine Art, Teil der Welt zu sein.

Die Spuren, die ich dabei hinterlasse, sind unbedeutend. Ein Stück des Weges am Südhang der Hundwiler Höhe zum Beispiel, das früher durch den Morast geführt hat. Wer damals dort durchging, dessen Schuhe waren anschließend bis zum Schaft voll Schlamm. Vor acht Jahren schlug ich dort mit einem Freund ein neues Stück Weg durch den Wald. Wir gruben mit einer

Schaufel und einem Pickel Stufen und trieben mit einem Schlaghammer Eisenstifte in den Boden als Halterung für das Holz, mit dem wir die Stufen und den Rand des Weges befestigten. Es war altes Eisen aus einer Schlosserei und das Holz hatte uns ein Bauer geschenkt.

Einfach zu leben heißt trotzdem nicht, die Welt nicht neu zu erfinden und dabei vielleicht sogar Großes zu leisten. Auch diejenigen, die Großes vollbringen, vielleicht sogar gerade sie, führen oft ein sehr einfaches Leben. Sie erbringen ihre Leistungen wie Frank nicht um des Geldes Willen, sondern weil sie den Drang haben, das zu tun, was sie eben tun. Zu Forschen. Oder zu Komponieren. Den Drang, etwas aufzubauen. Oder etwas zu verwalten.

Weder steht ein einfaches Leben großen Vorhaben im Weg, noch stehen große Vorhaben einem einfachen Leben im Weg. Im Gegenteil. Wer sich nicht mit einem aufgeblähten persönlichen Vermögen abschleppt, kann das, was ihn wirklich ausmacht, besser zum Ausdruck bringen. Denn Besitz und das Streben nach Besitz binden die Aufmerksamkeit. Wer einfach lebt, hat einen wacheren Blick für das Wesentliche.

Ich folgte meinem Bruder durch das Dickicht des herbstlichen Waldes. Schwarze Äste brachen unter seinen Schuhen und Dornen hakten sich in seine Jacke, während er ungestüm vordrang. Immer wieder wartete er auf mich und spornte mich an. »Komm schon Hans, oder sollen sie ohne uns anfangen?«

»Müssen wir unbedingt durch den Wald?«

Frank (links), meine Mutter und ich, 1941

Wenn Frank, der damals noch Franz hieß, nicht gerade in der Fabrik war, nahm er mich trotz unseres Altersunterschieds auf kleine abenteuerliche Ausflüge mit. Mit der Abkürzung durch den Wald tat er sich allerdings leichter. Er war fünfzehn und ich erst zehn Jahre alt. Deshalb hatte er schon richtige Schuhe, während meine noch Sohlen hatten, die aus Stücken alter

Autoreifen bestanden. Seit dem Zweiten Weltkrieg waren erst ein paar Jahre vergangen und es mangelte noch an allem.

Endlich erreichten wir das abgeerntete Weizenfeld. Die Stoppeln stachen durch meine dünnen Sohlen. Das war ich gewöhnt. Wenn es wärmer war als an diesem trüben Tag, ging ich oft barfuß. Bei einer alten Fliegerabwehrkanone, die am Waldrand auf ihrer Lafette thronte, saßen ein paar Kinder und Jugendliche. Es waren zum Großteil Kollegen meines Bruders aus der Fabrik. Einige hatten ebenfalls ihre jüngeren Brüder mitgebracht. »Habt ihr schon einen Ball?«, fragte Frank.

»Wir arbeiten daran«, antwortete einer von ihnen.

»Komm mit«, sagte mein Bruder zu mir.

Wir gingen direkt auf einen Burschen zu, der sich mit einem Messer über einen Haufen Stoff beugte. Frank nahm ihm gegenüber Platz und zückte sein eigenes Messer. »Das war ein Fallschirm«, sagte der Bursche.

»Wir müssen den Stoff in dünnere Streifen schneiden«, sagte Frank. Er wandte sich an mich. »Für das Innere des Balls reichen einige zusammengeknüllte Stoffstücke«, sagte er. »Außen muss ein möglichst langer Streifen alles fest zusammenhalten.«

Eine Weile arbeitete er konzentriert. Zwischendurch betrachtete er kritisch sein Werk. »Was immer du tust, musst du richtig tun«, sagte er zu mir. »Verstehst du?«

Während unser Vater im Krieg gewesen war, hatte Frank die Rolle des großen Bruders entdeckt. Er entwickelte in den Dingen des täglichen Lebens ein ähnliches Sendungsbewusstsein wie unser Vater, ein überzeugter Kommunist, wenn es um Politik ging. Dabei war Frank nur mein Halbbruder. Unser Vater war vor seiner Ehe mit meiner Mutter mit einer anderen Frau zusammen gewesen und hatte mit ihr zwei Kinder, die ihren Mädchennamen trugen. Meine Mutter war bei meiner Geburt erst siebzehn gewesen, was bei uns in der Steiermark normal gewesen war. Die beiden Frauen waren Freundinnen geworden und wir wohnten alle im selben Haus. Ich mit unserem Vater und meiner Mutter im ersten Stock, Frank mit seiner Schwester, seiner Mutter und seinem Stiefvater im Erdgeschoß.

Frank war mit dem Ball fertig. Er war fast kugelrund. Alle staunten. »Wie viele sind wir?«, fragte er.

»Siebzehn«, sagte jemand.

»Du bist der Jüngste«, sagte Frank zu mir. »Wenn einer nach Hause muss, darfst du mitspielen.«

Ich setzte mich an den Rand des Feldes. Auf der einen Seite dienten die Lafette der Flak und ein paar Steine als Torstangen, auf der anderen zwei in die Erde gebohrte Stöcke. Frank war der Kapitän seiner Mannschaft. Einige spielten gern mit ihm, weil er gut war, andere weniger, weil sie neben ihm den Ball nie bekamen.

Wie immer schoss Frank den Ball wieder und wieder zwischen die Stöcke des gegnerischen Tors. Manchmal spielte er sogar seine eigenen Mitspieler aus, um am Ball zu bleiben.

Die Natur erzieht uns zu glücklichen Menschen

Ich legte mich auf die spitzen Halmstümpfe und sah in den Himmel. Die grauen Herbstwolken waren wie ein Meer aus Schaum. Der leichte Nieselregen war die Gischt, zumindest für mich, der weder Meer noch Gischt je in seinem Leben gesehen hatte. Bloß das Rauschen, das wohl dazu gehört hätte, fehlte. An trüben Herbsttagen wie diesem schwiegen die Bäume, weil kein Wind durch ihre Kronen zog.

Zuerst war ich enttäuscht gewesen, nicht mitspielen zu können. Inzwischen hoffte ich, dass kein Spieler ausfallen würde. Ich genoss die Zeit hier draußen so viel mehr. Sollte Frank nur die besten Fußbälle aus Stoff der ganzen Steiermark herstellen und ihnen hinterherjagen. Ich konnte auch so glücklich sein, wenn ich die Gegenwart der Natur spürte. Sie hatte eine souveräne Art mit Kindern umzugehen. Sie versuchte nicht, uns in irgendetwas zu übertreffen. Sie zwang uns keine Weisheiten auf. Sie hielt uns keine Fehler vor. Sie machte uns Kinder für ihre Güte empfänglich und verbarg ihre Gefahren vor uns. Sie nahm uns einfach schweigsam in ihre weiten Arme.

Wir dankten es ihr nicht einmal, weil wir den Fehler so vieler Generationen machten, sie für selbstverständlich und unzerstörbar zu halten. Wir schossen als Kinder sogar mit den Waffen auf sie, die nach dem Krieg überall herumlagen. Wir schossen auf die Bäume im Wald und die meisten von uns dachten sich nichts dabei.

Waffen waren Spielzeug für uns. Wir streiften auf der Suche nach nicht explodierten Granaten herum und durchstöberten die vielen leerstehenden und halb zerstörten Häuser nach Kriegsrelikten. Einmal, als Frank nicht dabei war, fanden wir auf einem Dachboden ein ganzes Arsenal an Schusswaffen samt Munition. Eine Mauser-Pistole, die deutsche Offizierspistole, und eine russische Schpagin-Maschinenpistole waren dabei. Wir kannten uns mit Waffen gut genug aus, um zu wissen, was wir vor uns hatten. Es war die Schpagin mit dem Trommelmagazin, die der amerikanischen Thompson ähnelte. Wir fanden schnell heraus, wie sich ihr Magazin füllen ließ und gingen mit den Waffen in den Wald. Dort klemmten wir die Schpagin zwischen zwei Steine, richteten den Lauf auf einen morschen Baum und befestigten eine Schnur am Abzug. In einem Gebüsch in einiger Entfernung versteckten wir uns. Einer von uns hielt die Schnur zwischen den Fingern. »Warte noch«, sagte ich zu ihm.

»Was ist?«

Ich hatte ein unbehagliches Gefühl bei der Sache und wusste nicht genau warum.

Der Junge zog an der Schnur.

Der Baum war morsch, aber er lebte. Er trug noch sein Laubkleid. Seine Blätter zitterten kaum merklich, als die Salve seinen Stamm traf. Ich wollte weg.

»Was ist?«

Ich hatte das Gefühl, dass uns gleich jemand zur Rede stellen würde. Dabei gab es keinen Grund zur Sorge.

Frank hatte einmal eine entsicherte Handgranate in ein Rohr unter der Straße geworfen, nur um zu sehen, was passiert. Die Straße hatte Risse bekommen und ihr Rand war abgebröckelt. Frank war trotzdem ohne schwerere Strafe davongekommen. Die Menschen hatten damals andere Probleme.

Trotzdem schien meine Beklemmung die anderen anzustecken. »Wir graben besser alles ein«, sagte der Junge, der den Abzug betätigt hatte.

Wir wickelten die Waffen in eingefettetes Papier und vergruben sie.

»Wir müssen uns die Stelle gut merken«, sagte einer der Jungen.

»Vielleicht verbiegen die Wurzeln der Bäume die Gewehrläufe«, sagte ich.

Die anderen sahen sich um, als würden sie erst jetzt bemerken, wo wir waren. Während wir den Wald schweigend verließen, war ich der Anführer.

Die großen Dinge mögen wichtig sein, aber sie sind nicht wichtiger als die kleinen

Unser Vater war nicht im klassischen Sinn fanatischer Kommunist. Er glaubte einfach fest daran, dass sich eine gerechte Welt schaffen ließ, und er konnte Ungerechtigkeiten nicht mitansehen. Deswegen bemühte er sich auch, mit seiner verflossenen Liebe, Franks Mutter, so gut wie möglich auszukommen. Für ihn war klar, dass er nicht in der Armee der Nazis kämpfen konnte.

Er war in Ostdeutschland stationiert. Knapp bevor er an die Ostfront versetzt werden sollte, desertierte er und schloss sich einer Widerstandsgruppe an. Wir hatten in dieser Zeit regelmäßig die Gestapo im Haus. Die Soldaten verhörten meine Mutter einige Male, manchmal in meiner Anwesenheit.

Nach Hause kam unser Vater erst ein Jahr nach Kriegsende, mehr oder weniger zu Fuß, obwohl einer seiner Füße stark verstümmelt war. Auch sonst war er gesundheitlich angeschlagen. Meine Eltern erzählten mir, dass er zwischen zwei Laster geraten sei. Ich konnte mir nicht vorstellen, wie das passiert sein sollte. Die Verletzung blieb über Monate unbehandelt und entzündete sich.

Im Elin-Werk in Weiz, in dem fast alle Bewohner unseres Ortes arbeiteten, und wo auch unser Vater nach dem Krieg wieder eine Anstellung als Drehermeister fand, engagierte er sich für die Rechte der Arbeiter. Er versuchte, auch Frank, der dort in die Lehre ging, für seine Ideale zu begeistern. Anfangs hatte er sogar ein wenig Erfolg damit.

Sowohl Frank als auch ich bewunderten unseren Vater. Mir gefiel seine wilde Art. Er war ein Draufgänger, der seine Ideale hochhielt. Gleichzeitig merkte ich schon als Kind, was für einen guten Eindruck er auf Frauen machte. Dabei war er ein sehr korrekter Mensch. Woran auch immer er arbeitete und was immer er tat, alles musste richtig sein. Alles musste perfekt sein. In unserer Familiengeschichte, die Chronisten so weit erzählt haben, wie sie den Aufstieg meines Bruders vom Kind armer Leute zum Milliardär betrifft, kommt mein Vater, nicht aber meine Mutter vor. Dabei verdient sie höchsten Respekt, denn im Krieg bewies sie eine Kraft, die eigentlich kein Mensch von so einer jungen Frau erwarten kann.

Wir hatten vor dem Krieg eines der Zweifamilienhäuser gemietet, die für die Arbeiter der Fabrik in Weiz errichtet worden waren. Im Garten bauten wir, wie die meisten anderen Familien, Gemüse an und hielten Geflügel. Kurz vor Kriegsende wurde Weiz dann Schauplatz von Kampfhandlungen.

Niemand wusste genau, was vor sich ging. Meine Mutter zog uns Kinder mit kühlem Kopf auf einem Wagen durch den Wald, immer hin und her, von einem Hügel zum anderen und wieder zurück, je nachdem, wie gerade die Front zu verlaufen schien. Vor den Russen flüchteten wir dorthin, wo meine Mutter die deutsche Seite vermutete. Wir waren falsch und es ging weiter, wieder zurück, nachts durch den Wald. Dann gab es keine deutsche Seite mehr und wir suchten die Engländer.

Meine Mutter war schön und stark. Wenn ihre Augen schon unruhig und ängstlich waren, leuchtete auf ihrer Stirn immer noch eine ruhige Sonne. Sie hatte die Gabe, im richtigen Augenblick entschlossen zu handeln. Den Sinn ihres Lebens, sagte sie später zu mir, habe sie damals darin gesehen, unser Leben zu erhalten. Ein Mensch, der weiß, warum er lebt, fragt nicht viel. Er zieht seine Sache durch.

Bei den Festtagsessen nach dem Krieg, wenn unsere beiden Familien zusammensaßen, dominierten aber die Gespräche zwischen Frank und unserem Vater, bei denen, je älter Frank wurde, immer deutlichere Unterschiede in ihrer Weltanschauung zum Vorschein kamen. Selbst wenn einmal Schweinsbraten auf dem Blech in der Mitte des Tisches dampfte, Franks Stiefvater schon dünne Scheiben abschnitt und die eine Mutter die Kochkünste der anderen lobte, konnte es unser Vater nicht lassen, mit Frank über die Fabrik zu sprechen.

»Es ist lobenswert, dass du dich bei der Arbeit so anstrengst«, sagte mein Vater einmal zu Frank. »Du solltest aber auch an deine Genossen denken. Es kann nicht jeder so viel und so schnell arbeiten wie du. Du drehst in der Arbeitszeit fast doppelt so viele Bolzen wie die meisten anderen und dann bleibst du auch noch länger und machst weiter. Weißt du denn nicht, wie lang es gedauert hat, bis wir die 45-Stunden-Woche erkämpft haben?«

Frank brachte dafür wenig Verständnis auf. »Ich bin eben besser als die anderen«, sagte er. »Na und?«

»Wenn sie sehen, dass es möglich ist, werden die Chefs die gleiche Leistung als Standard verlangen«, sagte mein Vater.

»Bis dahin bin ich auf der anderen Seite.«

»Wo?«

»Bis dahin schreibt mir niemand mehr vor, was ich wann tun und lassen soll. Bis dahin führe ich meine eigene Fabrik.«

»Wenn die Revolution gelingt, die Arbeiter sich erheben und die Ausbeutung ein Ende hat, was dann?«

»Ich will weder von Unternehmern noch von Arbeitern abhängig sein.«

Die Frauen unterbanden solche Gespräche, weil sie allen den Appetit auf das wertvolle Fleisch verdarben. Nur mir nicht. Ich stimmte meinem Vater darin zu, dass es wichtig sei, an die anderen zu denken. Mir gefiel auch die Idee meines Bruders, das Leben selbst in die Hand zu nehmen und unabhängig von Arbeitgebern und Gewerkschaft zu Wohlstand zu gelangen. Aber ich wollte mir weder vom Streben nach wirtschaftlicher Unabhängigkeit noch vom Kampf für Gerechtigkeit den Genuss der schönen und guten Dinge verderben lassen. Schon gar nicht ließ ich mich von ihnen daran hindern, den Schweinsbraten eines Festtags zu genießen.

Die Sehnsucht nach Freiheit erfüllt sich darin, dass du tun kannst, was du willst, und nicht in dem, was du dabei erreichst oder bewirkst

Zu Beginn der Fünfzigerjahre ging mein Bruder in die Schweiz, um dort weiterzulernen und etwas von der Welt zu sehen. Ich absolvierte meine Lehre, unternahm Ausflüge in die Wälder und ließ mir die Haare wachsen, weil ich wild aussehen wollte.

Mit einer Pistole aus dem Krieg unter der Matratze, die mir inzwischen ein Gefühl von Männlichkeit gab, träumte ich aus Sehnsucht nach der weiten Welt von der Fremdenlegion. Bis ich mehr über sie erfuhr. Ich wollte mein Leben genießen, was mir als Zeitsoldat, den französische Generäle zu üblen Einsätzen schickten, kaum gelingen würde. Also las ich Abenteuer- und Reiseromane, unternahm Bergtouren und wünschte mir eine friedlichere Mission, die mich in die große weite Welt führen würde. Ein bisschen auch von schnellen Autos und Flugzeugen. Bei uns gab es nur Pferde- oder Ochsengespanne.

Meine Droge war der Wind. Je stärker er wehte, umso besser. Wenn mir auf einem Berggipfel die eisige Luft um die Ohren fegte, hatte ich das Gefühl, in wahnsinniger Geschwindigkeit über die Erde zu rasen und alles Schöne in mich aufzusaugen. Mein Lieblingsverkehrsmittel waren die Waggons von Güterzügen. Es mussten offene Waggons sein, am besten welche mit Schüttgut wie Sand oder Kies, auf dem ich bequem sitzen konnte, und es mussten immer die letzten des Zuges sein, damit ich möglichst wenig vom Rauch der Lokomotive abbekam. Der Fahrtwind, die vorbeiziehende Landschaft und die Erwartung eines Reiseziels lösten ein starkes Freiheitsgefühl in mir aus. Es spielte keine Rolle, dass diese Reiseziele nur in der Steiermark lagen, Graz oder Birkfeld, die ich beide in weniger als einer Stunde erreichen konnte. Meine Sehnsucht nach Freiheit erfüllte sich darin, dass ich tun konnte, was ich wollte, und nicht in dem, was ich dabei erreichte oder bewirkte.

Einige Wochen vor meinem achtzehnten Geburtstag bekam ich einen Brief aus Kanada. Frank war inzwischen nach Toronto gezogen und hatte dort seine Werkstatt aufgemacht, in der er bisher allein arbeitete. Er lud mich ein, zu ihm zu kommen. Ich sollte mit ihm gemeinsam die Firma zum Laufen bringen.

Ich schickte ihm postwendend einen Brief mit meiner Zusage. Bis sein Antwortschreiben mit der Bestätigung bei uns in Weiz eintraf, waren trotzdem schon wieder zwei Monate vergangen. Frank hatte seinem neuerlichen Schreiben ein Dokument beigelegt, mit dem ich mir in einem Reisebüro in Graz die Schiffskarte von Hamburg nach Montreal und die Zugkarte von Montreal nach Toronto abholen konnte.

Franks Brief endete mit den Worten: »Das ist die Gelegenheit deines Lebens.«

Der Motor eines Vogels ist der Wind

Diesmal reiste ich in einem Abteil. Ich saß im zweiten Waggon des Zugs nach München, wo ich für die Weiterfahrt nach Hamburg umsteigen würde. Der Zug schlängelte sich langsam die Alpen hinauf. Der Schnee lag zuerst in zerrissenen Fetzen auf den Wiesen. Weiter oben bedeckte er wie ein großes schmelzendes Leichentuch das Land.

Ich öffnete das Fenster. Kaum hatte ich den Kopf hinausgestreckt, um den Fahrtwind zu spüren, war mein Gesicht schwarz vom Rauch und vom Ruß der Dampflok. Es war der Frühling des Jahres 1958 und ich fühlte eine angenehme Aufbruchstimmung. Aber es war eine Wehmut dabei, eine eigenartige, trübselige Vorahnung, von der ich nicht ahnte, woher sie kam. Vielleicht lag es nur daran, dass ich meine besten Sachen trug, dachte ich, einen dunklen Anzug mit hellbraunen Streifen und weißen Hosenträgern. Das war die neueste Mode bei uns in Weiz, und zwar schon seit der Zwischenkriegszeit. Solche für meine Verhältnisse feierlichen Kleider hatte ich bisher nur bei bestimmten und selten heiteren Anlässen getragen. Zu meiner Beerdigung hätten sie mich vermutlich auch in diesen Anzug gesteckt.

In der Bar am Münchner Bahnhof setzten sich zwei Bayern meines Alters zu mir. Auch sie waren vom Land und auf dem Weg nach Hamburg, um ein Schiff nach Amerika zu nehmen. »Ich bin Zuckerbäcker«, sagte einer von ihnen. »Ich habe von meiner Großmutter gelernt, die besten Linzer Augen der Welt zu machen. In New York baue ich damit ein großes Unternehmen auf.« Er lachte, als würde er selbst nicht daran glauben.

»Habt ihr Verwandte oder Freunde in Amerika?«, fragte ich.

Sie schüttelten die Köpfe.

»Ich reise von New York nach Chicago und San Francisco und dann weiter nach Texas und Florida«, sagte der andere Bayer. »Ich werde viel Jazz hören und auf meiner Ziehharmonika spielen. Wenn ich eine schöne Frau gefunden habe, werde ich sesshaft und dick.«

»Deine Frau wird Trompete spielen und schwarz sein von Kopf bis Fuß«, sagte der erste.

»Umso besser.«

Während der folgenden Zugfahrt zog das zerbombte Deutschland an uns vorbei, das nach Norden hin immer schlimmer aussah. Es kam mir vor wie eine Mischung aus Schottergrube und Friedhof. Oder wie eine antike Ausgrabungsstätte. Voll Grauen zogen wir die Vorhänge zu und beugten uns über eine kleine Landkarte von Nordamerika. Auf der konnten wir wenig erkennen, weil sie uralt war und maßstabsbedingt nur die größten Städte eingezeichnet waren. Wir waren wie kleine Kinder, die sich einen Plan des Gartens gezeichnet hatten und sich vorstellten, wo die Indianer wohnten und wo das Piratenschiff anlegen würde.

In Hamburg waren wir drei Landeier von dem geschäftigen Treiben der Stadt überwältigt. Es war laut, unzählige Lastfahrzeuge bahnten sich den Weg durch Massen von Auswanderern, Heimkehrern, Bettlern und Händlern. An jeder Ecke roch es nach eingelegtem Fisch. Die meisten Häuser waren entweder Baustellen oder Ruinen. Die Mützen der Schiffsbesatzungen leuchteten weiß oder blau in der Menge.

Meine bayerischen Begleiter hatten es eilig. Ihr Schiff legte noch am selben Tag ab. Ich ging mit ihnen zur Schiffsagentur. Auch ich musste meine Schiffskarte abholen. Dann trennten sich unsere Wege. Ich suchte mir eine Unterkunft. Es wurde ein Matrosenheim auf Finkenwerder, in dem ich ein Bett in einem Sechserzimmer bekam.

Außer mir war noch niemand da. Ich verstaute meinen Koffer unter dem Bett, denn ich wollte noch zur

Reeperbahn. Um nicht in Versuchung zu kommen, all mein Geld auszugeben, versteckte ich es in einem Kuvert unter meiner Matratze. Mit gebürstetem Anzug und polierten Schuhen ging ich los.

Ich fragte einen Matrosen nach dem Weg. In einem eigenartigen Deutsch, das ich für den Akzent einer fremden Sprache hielt, antwortete er, dass er und seine Kameraden dasselbe Ziel wie ich hätten. Ich schloss mich ihnen an und wechselte während der ganzen langen Strecke aus Schüchternheit kaum ein Wort mit ihnen.

Sobald wir das Vergnügungs- und Rotlichtviertel erreicht hatten, trennte ich mich von ihnen. Sie bogen in eine Straße ab, in der mich die Menge an Prostituierten nervös gemacht hätte. Stattdessen schlenderte ich herum, sah mir ungeschickt unauffällig aus dem Augenwinkel jede Frau an und hatte die ängstlichen Fantasien eines Achtzehnjährigen.

Ich wich einer Schlägerei aus und betrat ein Wirtshaus, wo ich mir mit ein paar Gläsern Bier etwas Zuversicht antrank. Bis sich eine ganz in Rot gekleidete junge Frau neben mich setzte. Sie schien nicht viel älter zu sein als ich, hatte schön gekämmte hellbraune Haare und lächelte freundlich.

Sie stellte sich als Petra vor und nach kurzem Hin und Her, bei dem ich mich halb schüchtern, halb übertrieben selbstbewusst verhielt, erzählte ich ihr alles über mich. Sie fragte nach. Sie wollte wissen, wo ich wohnte und wie lang ich bleiben würde. Sie interessierte sich für mein Reiseziel und für den Namen meines Schiffes. Schließlich fragte sie, ob ich sie ins Kino einladen würde. Selbstverständlich wollte ich das. Danach betranken wir uns. Spät in der Nacht holte sie ihr großer Bruder ab, den sie die ganze Zeit nicht erwähnt hatte. Sie verschwand, ohne dass ich ihr einen Kuss hätte stehlen können. Ich war zu betrunken, um es richtig zu bedauern. Ich ging in meine Unterkunft, freute mich über den Luxus, das Sechserzimmer noch immer für mich allein zu haben, und schlief sofort ein.

Am nächsten Morgen stellte ich fest, dass ich auf einen hässlichen Großstädtertrick hereingefallen war. Ich war nicht ganz sicher, aber es steckte wohl Petra dahinter und ihr Interesse war nur geheuchelt gewesen. Womöglich hatte sie ihren Schnaps heimlich weggeschüttet, während ich mich hatte volllaufen lassen. Ich besaß nur noch meine Schiffskarte und weniger Münzen, als ich gebraucht hätte, um mir ein Bismarckbrötchen zu kaufen. Ich sehnte mich nach Mama, aber mein Schiff würde bald auslaufen. Zum Glück war die Zugfahrt zum sogenannten Amerikahafen in Cuxhaven, in dem es lag, in der Schiffskarte schon inbegriffen.

Mit wenig Geld kommst du aus, ohne Geld eher nicht

Im Hafen hingen überall Schilder in verschiedenen Sprachen, die Mädchen vor Menschenhandel und falschen Dienstverträgen warnten. Die Gesundheitskontrolle war unerwartet schnell vorüber. Ich drängte mich durch die Menschenmenge zu einem der Schiffsstege. Mein Schiff hieß *S.S. Homeric*. Ein riesiges weißes Ungetüm mit zwei Schornsteinen. Ich erkannte leichte Beulen unter der dicken Lackschicht. Wie es sich fast unmerklich in der leichten Brandung hob und senkte, schien es leise ein- und auszuatmen. Ein gezähmter weißer Wal.

Das Schiff war 1931 unter dem Namen *S.S. Mariposa* in Dienst gestellt worden und pendelte zunächst zwischen der Westküste der USA, Hawaii und Australien. Im Zweiten Weltkrieg diente es als Transportschiff für Militärpersonal und überstand unbeschadet an die siebzehn zum Großteil nicht eskortierte Überfahrten. 1973, also 15 Jahre nachdem ich als abgezockter Auswanderer an Bord kam, fing der Speisesaal des Schiffes Feuer, wobei es so großen Schaden nahm, dass sich eine Reparatur nicht mehr lohnte. Kaum ein Jahr später ließ es die Reederei in Taiwan abwracken.

Ich hatte in der billigsten Kategorie im dritten Unterdeck eine Liege, die kaum breiter war als ein Bügelbrett. Das störte mich nicht. Die Wellen hätten mich in den Schlaf gewiegt, selbst wenn ich hätte stehen müssen, und das Dröhnen des Maschinenraums war mein Wiegenlied. Das größere Problem bestand darin, dass ich mir ohne Geld keine Getränke leisten konnte. Essen gab es, das schon, bescheidenes Essen, unappetitlich, aber nahrhaft. Zu trinken hatte ich aber nur das Wasser aus der Leitung und das war dunkelbraun vor Rost. Als in South Hampton weitere Emigranten zustiegen, hielt ich unwillkürlich in der Menge nach einer jungen Frau mit einer Sonne auf der Stirn Ausschau, die mich von meinem Durst erlösen würde.

Die Fahrt über den Ozean verlief ohne Gewitter oder andere Zwischenfälle. Jeder konnte sich frei auf dem Schiff bewegen. Es gab keine abgesperrten Bereiche für die Oberschicht, weil es auf der *S.S. Homeric* so gut wie keine Oberschicht gab. Jeder aß dieselbe Suppe. Niemand heiratete, niemand starb. Manche hatten Geld, um sich zu betrinken. Ich hatte das rostige Wasser.

Nach ungefähr einer Woche lud mich ein Hamburger, der ein paar Mal bei mir am Kantinentisch gesessen war, auf ein Bier ein. Er fragte mich nicht nach dem Grund für meine Mittellosigkeit und lud mich jedes Mal wieder ein, wenn wir zugleich im Speisesaal waren. Ich wollte mit ihm plaudern und mich mit ihm anfreunden. Darauf schien es ihm nicht anzukommen. »Ein Bier für den jungen Herrn aus Österreich«, waren meist seine einzigen Worte und mir blieb nur, mich zu bedanken.

Weder erfuhr ich, warum und wohin er reiste, noch wagte ich es, ihn um mehr als ein Bier pro Tag zu bitten. Seine Art war kalt und abweisend. Ein bisschen flößte er mir Angst ein. Doch wer am verdursten ist, fragt einen Wohltäter nicht nach seinen Motiven.

Die Eisschollen wurden weniger und eines Morgens war auf Steuerbord Land in Sicht. Am Abend war Land auf beiden Seiten. Wir waren in den Sankt-Lorenz-Strom eingefahren. Der Strom wurde enger und war trotzdem noch breit wie ein kleines Meer. Ich sah zum ersten Mal

Wale. Ich vermutete, dass es Finnwale waren. Sie waren schlank wie Segelflugzeuge. Ihre Blasfontänen waren wie weißer Rauch aus einem häuslichen Kamin. Eine Fontäne nach der anderen stieg aus den grauen Wogen auf. Ihr Anblick gab mir das Gefühl, den warmen Atem eines vertrauten Zuhauses zu riechen.

Erst ein Gewitter verschafft dir festen Boden unter den Füßen

Im Hafen von Montreal trank ich zunächst so viel ich konnte von dem Leitungswasser, das nicht aus einem fast dreißig Jahre alten Eisentank stammte. Ansonsten litt ich, wie vermutlich die meisten Passagiere der *S.S. Homeric*, an einer leichten Landkrankheit. Mein Gleichgewichtssinn hatte sich an den Seegang gewöhnt und das Pflaster des Hafenplatzes schien zu schaukeln. Mir wurde klar, warum manche Seeleute erst bei einem Unwetter sicheren Boden unter den Füßen fühlten.

Nun stand ich da, in der Hafentoilette, mit dem schaukelnden Amerika unter mir, und fragte mich, was mich wohl erwarten würde. Abenteuer, Wohlstand, Reichtum, Armut oder Tod. Das waren die Möglichkeiten. Der Tod hätte mich wahrscheinlich geholt, wenn ich nicht rasch in den Zug nach Toronto gestiegen wäre.

Die Zugfahrt war lang genug. Ich redete mit niemandem und niemand beachtete mich. Niemand spendierte mir ein Bier oder etwas zu essen. Der Hamburger war in eine andere Richtung weitergefahren. Ich war in diesem fremden Land allein und vollkommen pleite. Ich begriff, dass, wer pleite ist, nicht existiert. Ohne Geld existiert ein Mensch nicht. Normalerweise ist ein Mensch, der nicht existiert, tot.

Als ich in Toronto aus dem Zug stieg, erwartete mich Frank auf dem Bahnsteig. Damit hatte ich nun wirklich nicht gerechnet. Pleite wie ich war, hatte ich mich nicht ankündigen können. »Ich wusste, wann dein Schiff anlegt«, sagte Frank, dem offenbar meine Erleichterung auffiel, »und zwei plus zwei bleibt eben vier.«

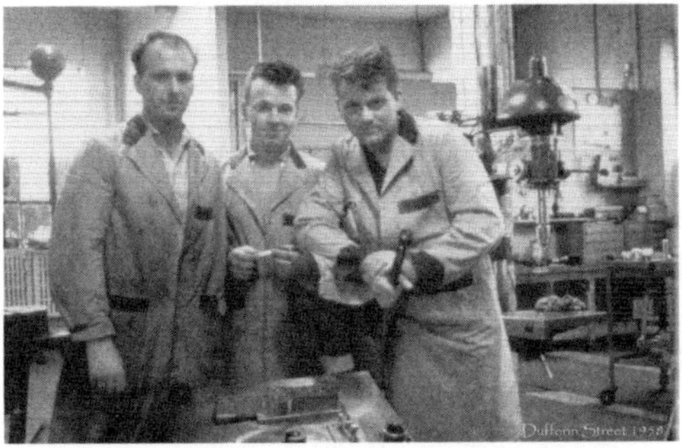

Frank, ich und Franks zweiter Mitarbeiter (v. re.) in Franks Werkstatt in Toronto, 1958

Ich wollte zuerst etwas essen und trinken, doch dafür hatte Frank keinen Sinn. »Gehen wir zum Auto«, sagte er. »Ich zeige dir die Werkstatt.«

Verliere keine Zeit mit Hühnern, wenn du nach oben willst

Ich hatte noch nie so einen großen Parkplatz gesehen und traute meinen Augen nicht, als Frank die Fahrertür seines Wagens öffnete. »Ist das ein Cadillac?«, fragte ich.

»Ein Chevrolet. Er war gebraucht und günstig. Die Kanadier importieren fast alles aus den USA. Das ändern wir beide jetzt.«

»Ich freue mich darauf«, sagte ich, obwohl das einzige, worauf ich mich im Moment freute, Essen und Trinken war.

Nach einer Weile des Schweigens zeigte Frank aus dem Fenster. »Das ist nicht das Meer, sondern der Ontario-See«, sagte er. »Alles Süßwasser.«

»Ich habe Durst und schrecklichen Hunger«, sagte ich.

Frank nickte. Er hielt vor einem Hühnerrestaurant und kaufte Chicken Wings und Cola zum Mitnehmen. Er stellte das Essen zu meinem Bedauern auf den Rücksitz. Wir öffneten die Papierverpackungen erst, als wir in seiner Werkstatt vor den Maschinen standen. »Zu Hause alles in Ordnung?«, fragte Frank.

Ich nickte, während ich einen Hühnerknochen abnagte.

»Papa ist gesund? Unsere Mütter auch?«

Nachdem ich wieder genickt und noch bevor ich hinuntergeschluckt hatte, wechselte Frank wieder das Thema. »Also das ist mein kleines Werkzeugmacher-Reich. Wir haben alles, was wir brauchen.«

Die Werkstatt war kaum hundert Quadratmeter groß und voll mit Drehbänken, Stanz-, Schleif- und Hobelmaschinen und Bohrern. »Wie hast du das alles aufgetrieben?«, fragte ich.

»Mit etwas Geschick.«

Frank hatte immer gewusst, was er tat und was er wollte, darin, es auszudrücken, war er nie gut gewesen. Erst als ich nachfragte, erfuhr ich mehr. In der Schweiz hatte er schon eine leitende Position in einer Dreherwerkstatt innegehabt, doch er hatte sich gelangweilt und war nach Kanada gekommen. Hier war er zunächst Tellerwäscher gewesen. Er akklimatisierte sich, nahm einen Kredit auf, kaufte die Maschinen, zog ein paar Aufträge an Land und lud mich zum Mitmachen ein. »Wir müssen sofort an die Arbeit«, sagte er, als ich aufgegessen hatte.

Ein Archetyp muss perfekt sein

Frank brachte mir einen blauen Arbeitsmantel, führte mich zur Drehbank und erklärte mir meinen ersten Auftrag. Es ging um ein Spezialwerkzeug zur Herstellung einer Blumenvase.

»Einer Blumenvase?«, fragte ich. »Ich dachte, wir machen Werkzeuge für Autobauer.«

Es sollten Vasen für Papierblumen werden, zu befestigen mit einem Haken an der Innenseite der Fahrertür. Frank zeigte mir den Plan. So lange die Amerikaner solche verrückten Ideen hatten, würde uns die Arbeit wahrscheinlich nicht ausgehen, dachte ich.

Zwei Stunden nach meiner Ankunft stand ich an der Drehbank und drehte eine Pressform für eine Papierblumenvase. Frank arbeitete jeden Tag und schlief meist auch in der Werkstatt auf einer Liege, die mich an meine Pritsche am Schiff erinnerte. Ich nahm mir ein kleines Zimmer und hatte sonntags immer frei. Franks Erfolgsrezept bestand darin, mit dem Aufwand aller Kräfte die beste Qualität zu einem Spottpreis zu bieten. War ein Kunde nicht zufrieden, musste er das Werkzeug nicht bezahlen.

Das Rezept war riskant. Es fielen Materialkosten an. Dazu die Arbeitszeit. Planung und Herstellung eines Werkzeugs schon für so eine Kleinigkeit wie eine Blumenvase oder eine Pleuelstange dauerten fast drei Monate. Denn eine Autokarosserie konnte noch so schön sein, das wahre Kunstwerk war immer die Form, an der sie geklopft wurde. Ein Dichtungsventil mochte ein banaler Gegenstand sein, das Werkzeug aber, mit dem es gestanzt wurde, das speziell für diesen einen Ventiltyp entworfen wurde, musste hundertmal präziser hergestellt werden als das Endprodukt. Solche Spezialwerkzeuge waren Unikate. Die Endprodukte waren Massenware.

Alle Kunden zahlten und Franks Angebot sprach sich herum. Das Auftragsbuch füllte sich.

Du kannst deinen eigenen Ruf überall hören

Ich wohnte im Nordwesten des alten Stadtkerns von Toronto, zu Fuß zwanzig Minuten von der Werkstatt entfernt. Das zweistöckige Backsteinhaus stand an der Ecke der endlos langen *Bloorstreet* und der ebenfalls endlos langen *Ossington Avenue* im damaligen deutschen Viertel. Acht Dollar die Woche zahlte ich Miete, etwa ein Zehntel dessen, was ich bei Frank verdiente. Mein Zimmer war möbliert und ich hatte genug zum Leben.

Es war ein ganz anderes Leben als ich es aus Weiz kannte. Wenn ich das Haus verließ, war da kein Garten mit Hühnern und Gemüsebeeten und ich hatte keinen Ausblick auf den Wald. Stattdessen erstreckten sich vor mir die unendlichen Geraden der Straßen. Statt Bäumen säumten sie auf beiden Seiten Strommasten.

Wenn ich in meinem Zimmer eine Lampe einschaltete, kam es mir vor, als würde ich die Strommasten rauschen hören. Aber sie rauschten nicht wie Bäume im Wind, sondern wie ein gewaltiger Wasserfall. Zumindest bildete ich mir das ein, seit ich wusste, dass den elektrischen Strom für ganz Toronto Kraftwerke an den nahen Niagarafällen lieferten. Ich hatte wegen der vielen neuen Aufträge keine Zeit für Ausflüge, doch dieses Rauschen verstärkte meine Sehnsucht nach der Natur. Ein wenig davon fand ich im etwa drei Kilometer entfernten *High Park*. Von dort war es nur ein kurzes Stück zur *Old Mill* am *Humber River*, wo Angler im Oktober und November Lachse fingen. An manchen Abenden war dort das Wasser so prall mit Fischen gefüllt wie eine Wanne am Markt. Ich mischte mich unter die Fischer und aß den Lachs gemeinsam mit meinem Bruder.

Doch die kurzen Ausflüge reichten mir bald nicht mehr. Ich kaufte mir ein altes Auto, um weiter entfernte Ziele erreichen zu können. Ich wollte unbedingt die Wasserfälle sehen, die mit ihrer Kraft eine ganze Stadt erleuchteten. Ich konnte nicht anders, als so oft wie möglich diese laute und ungeheuer schnell wachsende Millionenstadt zu verlassen. Die in den Himmel schießenden Hochhäuser machten mir Angst. Sie stahlen das Sonnenlicht und in der Bauphase stürzten immer wieder Arbeiter in den Tod. Die gewaltigen Gräben in den Straßen, künftige Tunnel der Untergrundbahn, kamen mir vor wie offene Wunden der Erde, durchkrabbelt von kleinen Ameisen, die mit dröhnenden Lastautos das Erdreich wegbrachten und Baumaterial heranschafften. Staub, wohin das Auge reichte.

Toronto hatte während des Krieges Montreal als Wirtschaftszentrum abgelöst. Denn die Industrie von Montreal hatte sich auf Eisenbahnen spezialisiert, die im Krieg von geringer Bedeutung gewesen waren. Toronto dagegen war mit seiner Flugzeug- und Autoindustrie aufgeblüht. Ich musste mich als Landkind erst an das Sprachengewirr in der Stadt gewöhnen. In meiner Wohngegend sprachen zwar viele Deutsch, aber niemand außer mir den Weizer Dialekt. Sonst hörte ich auf der Straße neben Englisch Polnisch, Spanisch, Chinesisch, Französisch und andere Sprachen, die ich nicht zuordnen konnte. Ich verstand anfangs nicht einmal Englisch richtig. »*Your number please*«, sagte ich nur immer, wenn ich allein in der Arbeit war und das Telefon läutete. »*My brother will call back.*«

Ich kam mir stumm und taub vor und hatte das Gefühl, als könnte mir nur die Stille der Natur die Sprache zurückgeben. »Wollen wir morgen zum Eisfischen an den See fahren?«, fragte ich Frank an einem Samstag.

Er sah mich nicht an, als er antwortete. »Wenn du der Beste bist, wirst du reich«, sagte er. »Wenn du reich bist, kannst du fischen gehen. Vorher musst du arbeiten. Hart arbeiten.«

Ich fuhr ohne Frank zum Eisfischen. Dafür nahm ich Eva mit, die ich gerade erst kennengelernt hatte. Sie war eine hübsche junge Frau mit Schweizer Akzent und einer Sonne auf der Stirn.

Lieber schneide dir einen Finger ab, als Schönheit nicht zu genießen

Eva hatte mir einer von Franks Bekannten vorgestellt. Mir schien, als hätte Frank kaum Freunde, sondern nur Geschäftspartner. Dieser Bekannte war ein Österreicher aus Braunau am Inn und ehemaliger Jagdpilot, dessen Flugzeug die Engländer in Afrika abgeschossen hatten. Er war in englische Gefangenschaft geraten und über ein paar Umwege nach Kanada gelangt. Während des Krieges war er als Zwangsarbeiter beim Bau des *Highway 401* eingesetzt gewesen. Wegen seiner Fähigkeiten als Mechaniker hatte er nach dem Krieg bleiben dürfen. Jetzt betrieb er wie Frank eine eigene Werkstatt.

Eva war aus der Schweiz als Au-pair-Mädchen nach Toronto gekommen und wohnte und arbeitete bei einer Familie in meiner Nachbarschaft. Nicht nur einmal saßen wir gemeinsam auf der Eisfläche des Ontario-Sees, in unzählige Jacken und Decken gehüllt, und zogen Barsche aus dem Wasser, die wir abends fein gewürzt aßen. Wir redeten dabei über die Alpen und sie erzählte mir vom Bodensee, wo sie herkam. Sie interessierte sich wie ich für die Naturdenkmäler Nordamerikas, für die Niagarafälle, den Grand Canyon und die Prärie. »Das will ich alles sehen, Hans«, sagte sie. »Dafür bin ich hierher gekommen, und nun sitze ich in einer Wohnung, fege den Staub und koche für verwöhnte Kinder.«

»Ich werde viel Geld verdienen«, sagte ich. »Dann kaufe ich ein großes Auto, du musst nie wieder arbeiten und wir reisen, wohin wir wollen.«

»Das klingt gut«, sagte sie.

Wolken zogen dabei über ihre Stirn.

»Was ist los?«, fragte ich.

»Bis es so weit ist, werden wir alt sein.«

»Gehen wir nächsten Sonntag tanzen?«

»Wenn mir die Familie frei gibt, gern.«

Damals kam der Boogie in Mode. Ich wollte mir für den Tanzabend einen Anzug von Frank leihen, aber er hatte nur einen, und den gab er nicht her, weil er für wichtige Geschäftstermine reserviert war. Mein alter Anzug war jenseits jeder Mode, also musste ich mir einen neuen kaufen. »Du gibst Geld für teure Kleidung aus?«, fragte Frank.

»Ich will tanzen gehen.«

»Komm am Montag bitte nicht verkatert zur Arbeit. Wir haben einen Zeitplan.«

Evas duftendes Haar, der Geruch von Parfum und Schweiß an ihrem schlanken Hals und die wilden Tanzschritte, da brauchte ich gar keinen Bourbon und kein

Bier. Ich war am Montag nicht verkatert, dafür aber sehr verträumt. Als ich am Schraubstock eine Form fürs Verbiegen von Kupferröhren zurechtfeilte, klemmte ich sie nicht, wie es sich gehört, in die rechte Seite des Schraubstocks, sondern in die linke. Auf die Art schlitzte ich mir an einer Kante des Schraubstocks den Handrücken auf. Frank war wütend. »So etwas passiert Anfängern«, sagte er. »Soll ich es nähen oder kannst du das selbst?«

Ich beließ es bei einem Verband.

Der Winter verging und ich bemühte mich, Franks Erwartungen zu erfüllen. Ich war noch fleißiger und traf Eva seltener, auch wenn sie mir fehlte. Im Gegenzug schien Frank über die Frage des Lebens nach der Arbeit nachzudenken. Eines Morgens lehnten zwei lange, moderne Angeln an der Stelzmaschine. »Wir machen einen Angelausflug«, sagte Frank. Sein Gesichtsausdruck war ernst, als ginge es um einen Auftrag.

Ich traute meinen Ohren nicht.

Frank nickte. »Das Geld für die Blumenvasen ist da«, sagte er. »Heute nehmen wir uns ausnahmsweise frei.«

Frank erledigte noch ein paar Dinge in der Buchhaltung. Dann stiegen wir in sein Auto und er fuhr uns zweihundert Kilometer nach Norden in ein Indianerreservat der Algonkin. »Ein Vertreter von General Motors hat mir diesen Ort empfohlen«, sagte Frank. »Es soll hier die größten Muskellungen geben.«

Muskellungen, die größte Hechtart der Welt, waren schwer zu fangen. Angeblich verhielten sie sich auch am Haken noch extrem kämpferisch und akrobatisch. Wir mieteten ein Kanu, fuhren aufs Wasser hinaus und plauderten. Ich lobte Franks Unternehmen. Frank erzählte von neuen Aufträgen. Dann wechselte er das Thema. »Weißt du was?«, sagte er. »So stelle ich mir das Leben vor. Wenn die Firma größer ist, lade ich unsere Geschäftspartner zu solchen Ausflügen ein. Gute Ideen entstehen am ehesten abseits des Alltags.«

Zunächst bissen die Fische kaum. Erst als wir eine kleine Bucht erreichten, zogen wir einen nach dem anderen aus dem Wasser. Es waren Barsche mit einem sonnengelben Fleck hinter den Kiemen, von dem sie den Namen »Sunfish« hatten.

Frank langweilte sich bald und wechselte den Köder. »Ich will Muskellungen fangen«, sagte er.

Ich blieb bei Regenwürmern. Die Sonnenfische gefielen mir. Ich genoss den herrlichen Tag. Ich genoss es, mit meinem Bruder in einem Kanu durch die leichten Wellen zu gleiten und um mich den Atem der kanadischen Wälder zu spüren. Bald hatten wir eine Kiste voller Barsche.

Frank hatte weniger Glück. Er fing keine einzige Muskellunge. Auf der Rückfahrt war er wortkarg. Ich fragte mich, wie er sich bei einem Angelausflug mit einem wichtigen Geschäftspartner verhalten würde. Täte er alles, um mehr und größere Fische zu fangen als sein Gegenüber? Oder würde er doch lieber den Geschäftspartner gut aussehen lassen? Was bedeutete so ein Angelausflug mit Geschäftspartnern, wenn beide leer ausgingen? Wäre das dann ein schlechtes Omen? Ich vermutete, dass er selbst über diese Dinge nachdachte.

Sunfish hat wenige Gräten und schmeckt am besten aus der Pfanne.

Das Leben kann nicht warten

Ich hatte ein schlechtes Gewissen gegenüber Eva, weil ich so wenig Zeit für sie hatte. Außerdem hatte mich die Seelandschaft im Reservat sehnsüchtig gestimmt. Nach unserer Rückkehr von dort warf ich Kieselsteinchen gegen ihr Fenster. Es dauerte, bis ihr Gesicht als Silhouette im Fensterrahmen erschien.

»Hans?«

Ihre Stimme war so süß, dass Zucker dagegen wie Salz schmecken musste.

»Kommst du herunter?«

»Doch nicht um diese Zeit und bei der Kälte.«

»Bitte, Eva.«

Während ich wartete, froren in der eiskalten Märznacht beinahe meine Schuhe am Asphalt an. Eva winkte mich schließlich in den Hauseingang. Ohne ein Wort küsste ich sie. Es war anders als bei der Tanzveranstaltung. Inniger.

»Hans«, sagte sie. »Wann beginnt unser Leben?«

Etwa eine Woche später arbeiteten Frank und ich an einem Werkzeug zum Herstellen von Pleuelstangen. Die Gussformen waren schon fertig. Ich machte an der Drehmaschine nur noch die Bolzen, mit denen die

Löcher in die Pleuelstange geschlagen werden würden. Der erste Bolzen war bereits poliert. Frank warf einen flüchtigen Blick darauf. »Den musst du noch einmal machen«, sagte er.

»Findest du?«

»Ich sehe die Kratzer aus hundert Metern Entfernung.«

»Ich komme mit den anderen Aufträgen in Verzug.«

»Dann erledigst du die eben in deiner Freizeit.«

Ich fand, dass meine zweite Version des Bolzens genau wie die erste aussah. Frank ging es genauso. Ich ärgerte mich über mich selbst und ließ mir diesmal Zeit. Funken sprühten. Die Poliermaschine summte.

Frank fand auch die dritte Version nicht gut genug. Beim vierten Bolzen fehlte mir die Lust. Er wurde schlechter als die ersten drei. Frank schüttelte den Kopf. »Wir wollen nur die beste Qualität liefern«, sagte er. »Bitte denk daran.«

Ich umfasste mit Zeige- und Mittelfinger den Zugknopf der Drehbank, um sie neuerlich in Betrieb zu nehmen. Dabei dachte ich daran, dass sich in meinem Leben bisher immer eins aus dem anderen ergeben hatte. Ich hatte den gleichen Beruf wie mein Vater und mein Bruder ergriffen. Ich war nach Kanada gekommen, weil mich mein Bruder eingeladen hatte.

Ich überlegte zum ersten Mal, was ich vom Leben wollte. Ob ich zur Welt gekommen war, um der beste aller Dreher zu werden. Ob das Herstellen von Werkzeug mein Lebensinhalt sein sollte. Ob es richtig war, mit einem Job Geld für ein Leben zu verdienen, das ich so nicht führen wollte.

Ich nahm die Finger vom Zugknopf, knöpfte meinen Arbeitsmantel auf und ging hinaus an die frische Märzluft. Ich spürte, dass mir Frank nachsah. Ich war sein Bruder und er behandelte mich oft wie einen Partner. Andererseits war ich auch sein Mitarbeiter und ich wusste, dass er es hasste, wenn ich mich querlegte. Deshalb ging ich nach einer Weile wieder hinein. »Frank«, sagte ich. »Ich will nicht reich werden. Ich will glücklich sein.«

»Wie kannst du glücklich sein, wenn du faul bist?«, fragte er.

Seine Wortwahl ärgerte mich. Trotzdem bewahrte ich einen kühlen Kopf. Ich wollte aussprechen, was mir wichtig war. »Ein Ochse ist auch fleißig«, sagte ich. »Trotzdem ist er niemals glücklich. Er ist kastriert und der Bauer treibt ihn beim Pflügen mit einem Stachel an.«

»Ich habe nicht vor, ein Ochse zu sein«, sagte Frank. »Einmal werde ich den besten Champagner trinken.«

»Wenn du immer der Beste in allem sein willst, bist du auch immer Gefangener dieses Wunsches«, sagte ich. »Ich brauche keinen Champagner. Um glücklich zu sein, muss ich frei sein. Dafür reicht mir ein einfaches Leben.«

»Du wirst niemals glücklich, wenn du unter einer Brücke schläfst und den Abfall anderer isst«, sagte Frank.

»Du wirst niemals glücklich, wenn du dir keine Freizeit nimmst.«

»Ich werde mir Freizeit nehmen. Ich werde Pferde züchten. Mit den Pferden werde ich noch mehr verdienen.«

Wir sahen uns schweigend an.

Eine Stunde später warf ich wieder Steine an Evas Fenster. Diesmal kam sie gleich herunter. »Hans, was ist los?«, fragte sie.

»Morgen kaufe ich ein Gewehr«, sagte ich.

»Was?«

»Und ein Kanu.«

»Was heißt das?«

»Unser Leben hat begonnen.«

Winzige bis mittelgroße Seen waren nur durch schmale Landstreifen getrennt und gespickt mit anmutigen kargen Inseln. Die Biber veränderten die Formen der Seen und Inseln langsam aber stetig mit ihren Bauten. Mal staute ein Biberdamm das Wasser auf und vergrößerte einen See, mal brach ein Biberdamm und der See verschob sich.

Aufstieg zur Hundwiler Höhe

Eva und ich verbrachten von nun an viel Zeit in der weiten Seenlandschaft Kanadas. Im Kanu erforschten wir sie. Wir jagten und fischten und tauschten manchmal Hasen und Fische an halbverlassenen Tankstellen gegen Brot, Gemüse und Benzin. Im Winter verbrachten wir die Wochenenden in einem Blockhaus. Draußen hatte es fünfundzwanzig Grad unter Null und der Schnee lag meterhoch, während wir uns am Feuer wärmten. Wir lernten deutsche Abenteurer kennen, die uns auf Reisen in den wilden Norden Kanadas begleiteten. Wir lebten von dem Geld, das ich in der Werkstatt des ehemaligen Jagdpiloten verdiente.

Freiheit muss nicht wild sein

Vier Jahre lang lebten wir so. Erst als wir Kinder wollten und Eva Heimweh bekam, machten wir neue Pläne. Wir sparten für die Rückreise nach Europa. Dabei ließen wir es uns trotzdem auf bescheidene Weise gutgehen. Wir gingen ins Kino und manchmal Tanzen. Im Kino sah ich vor uns einmal einen Hinterkopf, der mir bekannt vorkam. Es war Frank in Begleitung einer Frau. Wir freuten uns beide über den Zufall. Frank hatte seinen Namen inzwischen von Strohsack auf Stronach geändert, weil der österreichische Name seiner Meinung nach zu wenig kaufmännisch klang. Seine Firma hatte inzwischen zweiundfünfzig Angestellte und die Frau an seiner Seite stellte sich als seine Verlobte heraus. Die Hochzeit stand bevor. Er lud uns dazu ein und wir tranken dort Champagner und aßen Kaviar. Doch Eva und ich hatten klares Wasser und die selbst gesammelten und gejagten Früchte der Wälder schätzen gelernt. Dagegen schmeckte Kaviar nach unnötig salzigen Kügelchen.

Nach Franks Hochzeit kratzten wir alles Geld zusammen und reisten ein letztes Mal durch Kanada und die

USA. Schließlich nahmen wir in Los Angeles ein Schiff nach Le Havre. Mitten im Bermuda-Dreieck, am sechsten Juni 1964 um neun Uhr abends, bat ich Eva, meine Frau zu werden.

Wir zogen vorläufig nach Wittenbach bei Sankt Gallen, um später zu mir heim nach Österreich zu gehen. Von Wittenbach aus fuhr ich an einem nebeligen Frühlingsmorgen in die nahegelegene Ortschaft Gonten. Ich war mir anfangs nicht sicher, ob ich richtig war. Ich nahm einen Weg nach Süden und ging an verstreuten Bauernhäusern vorbei über die Weiden. Der Hang wurde steiler und ich erreichte den Wald. Die Fichten ließen ihre Äste hängen, als wären es Schwingen schlafender Vögel.

Du weißt nicht, wo du deine Heimat finden wirst

Ich ließ den Wald hinter mir und erreichte den Gipfel. Dort stand ich über dem Nebel. Im Süden erhob sich das Säntismassiv aus den weißen Schwaden. Im Norden, zum Bodensee hin, ragten einzelne kleine Gipfel aus dem dichten Weiß. Stundenlang saß ich da.

Ich konnte mich fast wie ein Urlauber am Strand fühlen, denn der Boden, auf dem ich saß, war einmal Meeresgrund gewesen. Der Stein, aus dem die Hundwiler Höhe und die umliegende Landschaft besteht, sieht aus wie brüchiger Beton und heißt Nagelfluh. Sand und Kalk haben mit der Zeit die vom Wasser der Urmeere abgeschliffenen Steine miteinander verklebt. Steine, wie sie sonst eben nur an Stränden oder an Flussufern liegen. Mir kam es vor, als würde ich tatsächlich Flusskrebse über den Gipfel huschen sehen, als würden Wasserläufer die Höhe des Berges messen, als wären die Raben um mich dunkle Fische, die frei durch das Wasser eilen oder in ihren Wasserpflanzen verborgen nach Nahrung spähen.

Warmer Westwind erhob sich und der Nebel kam in Bewegung. In Schwaden verzog er sich, glitt an mir vorüber und löste sich in der wärmer werdenden Luft auf.

Die Hundwiler Höhe ist zwar nur 1306 Meter hoch, doch sie steht ungeschützt am nordwestlichen Rand der Alpen, gerade dort, wo das Gebirge einen Bogen bildet und sich nach Süden wendet. Weil in Europa der Westwind vorherrscht, ist die Hundwiler Höhe dem Wetter ausgesetzt wie ein Leuchtturm auf einem Kap. Der Wind ist das mächtigste Element auf diesem Berg, der hoch und niedrig, friedlich und aufgewühlt, bedrängt und kraftvoll zugleich ist. Er ist aus weichem, empfindlichen Stein und doch trotzig und fest.

Ich hatte von meinem Platz am Gipfel eine Aussicht auf die halbe Schweiz, nach Österreich, Deutschland, Liechtenstein, Frankreich und Italien. Südlich zeichneten sich die Alpen vor dem jetzt klaren Himmel ab. Ich sah den Piz Palü und in der Ferne die Zugspitze. Nördlich von mir erstreckten sich ab dem Bodensee weite fruchtbare Ebenen.

Ich blieb bis zum späten Nachmittag. Für den Abstieg wählte ich einen Weg über den Südhang, der in der warmen Hälfte des Jahres als Kuhweide dient. So ist es üblich in den Bergen. Die Südhänge werden als Weiden genutzt, die Nordhänge hingegen sind dafür meistens zu kalt und bleiben bewaldet.

Wo die Weiden steil waren, bildeten sie regelmäßige, fast einen Meter hohe Stufen. Sie sahen aus wie chinesische Terrassen für den Reisanbau. Die Kühe erschaffen diese Stufen, weil sie nicht gerne bergauf oder bergab gehen, sondern lieber auf einer Höhenlinie weiden.

Die Weiden waren übersät mit zartvioletten Krokussen. Ihre Blütenblätter hatten sich in der Wärme vollkommen geöffnet. Mir schien, dass sie ihren Duft nicht ausatmeten, sondern mit vollen Zügen den Duft des gesamten Landes in sich aufsogen.

Als ich weiter nach unten stieg, wusste ich, dass ich meine Heimat gefunden hatte. Eva und ich gaben den Plan auf, nach Österreich zu gehen. Stattdessen blieben wir in Wittenbach und heirateten.

Dieser Schritt bedeutete für uns, den Schleier von unserer Zukunft zu nehmen. Zunächst fürchtete ich, sie so um ihre Spannung und ihre Geheimnisse zu berauben. Da Eva und ich uns aus ehrlichem Glauben an uns und an unser gemeinsames Glück für einander entschieden hatten, eröffneten sich in unserer entschleierten Zukunft doch wieder neue Möglichkeiten und Mysterien des Lebens.

Kinder machen unsterblich

Neuschnee war gefallen. Es war vollkommen still. Ich wanderte von Osten über die sogenannte Ochsenhöhe die Hundwiler Höhe hinauf. Dort stand eine Berghütte, für die das Baumaterial einst angeblich mit Ochsenkarren herbeigeschafft werden musste, weil Pferde zu schwach gewesen wären, den Karren über das steile Gelände zu ziehen.

Der Schnee war vollkommen glatt. Ich war der erste, der seine Spuren in die luftige Decke setzte. Weiter oben sah ich zur Hundshenki hinüber, eine Senke, in der einmal ein großer Hund als vermeintlicher Verantwortlicher für die Pest hingerichtet worden war.

Rehe überquerten die Weide unter mir. Ich ließ mich vom Schnee und von hellgrauen Wolken umhüllen. Eva war zuletzt immer häuslicher geworden und ich hatte eine Leidenschaft für die Einsamkeit entwickelt. Ich brauchte die Eindrücke aus der Natur und die Einsamkeit machte mich empfänglicher dafür. Eva verstand, dass ich meine Kraft daraus bezog. Sie hatte nichts dagegen, wenn ich oft lange wegblieb und durch die Wälder und die Berge streifte.

Unter mir trabten, ebenso lautlos wie es die Rehe gewesen waren, zwei Reiter auf Freiburger Pferden vorbei. Sie erreichten den Waldrand, wendeten und kamen auf mich zu. Die runden Bäuche der Pferde dampften. Die Reiter hielten vor mir. Ich sah in die großen Augen der Pferde. Ihre geweiteten Nüstern schnaubten Wärme.

Die Reiter grüßten und boten mir Schnaps an. Schließlich winkten sie und ritten langsam wieder hinab ins Tal. Wieder vollkommen lautlos, als wären sie Engel, die mit einer stummen Nachricht gekommen waren.

Ich schloss die Augen und ließ die Flocken meine Wangen kühlen. Ich fühlte mich unsterblich, ganz so, wie sich Kinder unsterblich fühlen, die nichts bekümmert, die noch keine Verantwortung kennen und die noch keine Ahnung von Gefahren haben. Ich hatte dieses Gefühl nicht, weil ich wieder zu einem Kind geworden wäre, sondern weil ich bald selbst eins bekommen würde.

Kinder zu haben bedeutete für mich so etwas wie Unsterblichkeit, weil jeder Mensch unweigerlich einen Teil von sich an seine Kinder weitergibt. Eva und ich würden durch unser Kind und unsere Enkel, Urenkel und Ururenkel vielleicht sogar diesen Berg, die Hundwiler Höhe, überdauern. Das gab mir Hoffnung und ein Gefühl von Sicherheit. Wer sagt eigentlich, dass die Welt die Menschen überdauert, dachte ich. Vielleicht würden die Menschen die Welt überdauern.

Am nächsten Tag kam die erste meiner beiden Töchter zur Welt.

Werde der Berg

Ich ging immer wieder auf die Hundwiler Höhe, fast immer allein, manchmal auch mit Wanderfreunden, die ich auf der bewirtschafteten Hütte unter dem Gipfel kennenlernte. Ich wurde richtig süchtig nach diesem Berg. Zum Zeitpunkt wo ich dies schreibe, habe ich seinen Gipfel 2072 Mal bestiegen und es war tatsächlich kein Aufstieg wie der andere. Das liegt nicht nur daran, dass sich die Hundwiler Höhe wie alle Berge mit jeder Jahreszeit, mit jeder ihrer Witterungen, mit jedem Monat, jeder Woche, jedem Tag und jedem Augenblick verändert. Eine Weile wuchsen jedes Jahr Steinpilze unter ein paar Eichen, dann fällten Waldarbeiter die Eichen nach und nach und die Pilze verschwanden von dort. Der Schnee blieb manchmal bis spät in den Frühling liegen, dann war er wieder schon im Februar weg. Das Tempo der Molche im Sommer war nicht immer gleich, und manchmal glänzte ihre Haut, ein andermal war sie matt. In manchen Jahren neigten die Kühe eher dazu, sich gegenseitig zu besteigen, in anderen waren sie träge, als würde ihnen nicht einmal das Wiederkäuen Spaß machen.

Dass kein Aufstieg wie der andere war, liegt auch nicht nur daran, dass es nie zwei Augenblicke geben kann, die einander vollkommen gleichen, so wie es auch nicht zwei Menschen geben kann, die einander vollkommen gleichen. Es lag auch daran, dass ich selbst immer ein anderer war. Einmal bedeutete der Schnee eine warme Daunendecke für mich, ein anderes Mal war er wie ein Leichentuch. Einmal war der blaue Himmel ein offenes Fenster in die weite Welt für mich, manchmal war der scheinbar gleiche Himmel ein trübes Gewässer, in dem eigentlich die Vögel und Flugzeuge stecken bleiben müssten. Die weißen Appenzeller Ziegen waren manchmal wie der stille Glanz auf einem bemoosten, feuchten Felsen, manchmal lieferten sie sich mit den Kolkraben ein Schreiduell, als ginge es um Leben und Tod.

Der Berg altert und verändert sich dabei, und ich altere noch schneller. Damit änderte sich meine Wahrnehmung. Ich wurde langsamer und brauchte länger und länger, um vom einen Aussichtspunkt zum anderen zu gelangen. Ich baute zusätzliche Aussichtsstationen in meinen Aufstieg ein. Es kam mir vor, als würde das Licht jedes Jahr klarer und schärfer werden, auch wenn es manchmal vor meinen Augen flimmerte, weil ich außer Atem war. Mit jedem Jahr fand ich, dass es da oben schöner wurde. Mit jedem Jahr wurde das Leben lebenswerter, und das merkte ich am meisten an immer derselben Umgebung, die sich zwar auch veränderte, aber nicht so rasch wie ich.

Wäre ich jedes Jahr woandershin gereist und hätte ich meine Wanderungen so gelegt, dass sie mich immer an andere Orte geführt hätten, hätte ich sagen können: »Vergangenes Jahr auf Mallorca schien mir das Leben so schön zu sein, weil es dort dieses und jenes gab. Aber dieses Jahr war ich in Mexiko, und dort habe ich erst verstanden, wie wunderbar das Leben wirklich ist.«

Die Veränderung des Berges war ebenso unaufhaltsam und schicksalhaft wie meine eigene. Die Rodung der Wälder wurde zwar streng überwacht, weil der Nagelfluh stark zur Korrosion neigt. Dennoch rodeten die Bauern vor einigen Jahren eine Schneise in den schmalen Waldstreifen am Südhang. In der Zeit danach regnete es unglücklicherweise viel. Das Wasser fraß sich unter den Stein und bildete eine Höhle, die einstürzte. Ein Erdrutsch war die Folge. Er war fünfzehn Meter breit und hundert Meter lang, und er entwurzelte viele Bäume. Jetzt wuchern dort die Brombeeren, die Pionierpflanzen des Waldes, mit denen er Boden zurückerobert.

Eine Weile fragte ich mich bei meinen Aufstiegen, warum mit der Zeit an bestimmten Stellen auf den abschüssigen Weiden Löcher entstanden. Ich schrieb das den Kühen zu, bis ich zwei Radfahrern begegnete, die über den Hang auf mich zurasten. Einer wich mir aus, der andere wurde unsicher und bremste. Das blockierte Hinterrad zog eine sichtbare, aber kaum erwähnenswerte Spur durchs Gras. Einige Monate und ein paar Regengüsse später war aus der Bremsspur eine kleine Vertiefung geworden. Während des folgenden Winters wurde aus der Vertiefung ein Loch, das einige Jahre später metertief war. Je tiefer es wurde, desto schneller vergrößerte es sich. Das Wasser schwemmte die Erde fort, bis es am bröckeligen Felsen nagte.

Irgendwann kannte ich jeden Baum, jeden Stein, jedes Moos auf den Steinen und all die anderen Dinge, mit denen der Berg jeden Tag eine neue Geschichte erzählt. Ich begann, mich wie der Berg zu fühlen. Wie er zu atmen. Wie er zu wachsen. Wie er zu verfallen. Ich begann, die Wärme der Kuhherden in mich aufzusaugen, das Rauschen der Fichten, das Flügelschlagen der Eulen, Fledermäuse und Schmetterlinge.

Jeder Baum, der wuchs, wuchs in meinem Herzen. Jede Blume, die blühte, blühte hinter meinen Augen und duftete in meiner Nase. Alles, was verwelkte, verwelkte in meinem Innern genauso. Die im Gestein eingeschlossenen Muscheln waren meine tief im Knochenmark verwahrten Erinnerungen. Die kühlen Bäche und die Quellen waren mein Schweiß. Langsam nahmen sie die Erde mit, Klumpen für Klumpen, Stein für Stein, Sandkorn für Sandkorn. Mit jedem Tropfen wurde ich älter und morscher. Die Bäche wuschen mich aus. Das Gras und der Schnee waren mein Kleid, und der Wind war mein Leben. Wenn ich stillstand, zog er an mir vorbei und brachte mir neue, frische Lebensluft.

Selbst im Paradies kannst du ein Paradies finden

Die Hütte unterhalb des Gipfels wurde von einer Frau bewirtschaftet. Sie hielt die Hütte das ganze Jahr über geöffnet. Sie kochte Schweizer Hausmannskost, und wenn die Sonne schien, saßen die Gäste auf den Bänken vor der Hütte und genossen die Luft und die Aussicht.

Marlies, so hieß die Wirtin, war in ihren jüngeren Jahren viel auf Reisen gewesen und hatte in Schulen in Afrika und Asien als Lehrerin gearbeitet. Später hatte sie sich in der Schweizer Regionalpolitik engagiert. Sie beschäftigte in der Hütte gerne Menschen, die ihren Halt verloren hatten und in Schwierigkeiten geraten waren. Flüchtlinge zum Beispiel oder Drogensüchtige auf Entzug.

Früher beförderte Marlies ihr Material mit dem Geländewagen nach oben. Sie hatte einen befahrbaren Weg anlegen lassen, dessen oberer Teil nicht lange standgehalten hatte. Dann fuhr sie mit der Materialseilbahn zwischen Tal und Gipfel hin und her. Sie saß dabei zwischen Wasserkanistern, Bierkisten, Glühbirnen und Baumaterial wie eine schwebende Priesterin.

Während ich so oft wie möglich vom Tal hinaufwanderte, um das ganze Land zu überblicken und mich ein bisschen wie ein König zu fühlen, thronte sie oben auf dem Gipfel Tag für Tag und Nacht für Nacht. Einmal brachte ein Schweizer Sender einen Fernsehbeitrag über sie. Der Redakteur interviewte auch mich als Stammgast. Ich bezeichnete Marlies als Landesmutter. Ein Titel, der ihr blieb.

Vor allem im Sommer war das Wirtshaus ein beliebtes Ausflugsziel. Entsprechend überfüllt konnte es manchmal sein. Oft genug saß ich auch ganz allein dort oben und genoss in der Küche ein scharfes Gulasch.

Ein Berg kann dein größtes Abenteuer sein

Sonnenstrahlen mögen so etwas wie warme, leichte Liebkosungen sein, die vereiste Lippen wieder aus dem Stillstand und den Körper aus der Kälte des Winters und des Todes lösen können. Doch ich besteige die Hundwiler Höhe nicht um ihrer Sanftmut oder ihres Trostes willen. Ich liebe das Dramatische. An schönen Sommertagen sind 200 Menschen und mehr auf dem Berg unterwegs, doch ich suche mir für meine Wanderungen eher Tage aus, an denen es neblig ist, an denen es stürmt oder schneit. Ich liebe es, wenn die Landschaft sich biegt unter dem mächtigen Drängen des Himmels. Ich liebe es, wenn es blitzt, als wären die Wolken und der Wald in Streit geraten, wenn mir der Nebel die Sicht nimmt, wenn mich das durchnässte hohe Gras in seinen Tränen badet. Ich liebe es, wenn mir das Geröll droht, mich zurück ins Tal zu befördern wie auf einer Wasserrutsche.

Ich stand gerne in tiefster Nacht am Fuß des Berges, wenn der Mond die silbrigen Nadeln der Fichten in ein unruhiges Licht tauchte. Wenn sich ein Wind erhob, verstummte das Land. Keine Eule heulte. Die Fledermäuse zogen letzte stille Kreise über den Lichtungen. Der Mond wurde blasser, immer blasser, bis er hinter den dichten Wolken verschwand. Die ersten Bäume auf dem Hang ächzten. Ich machte mich zum Gipfel auf.

Ich musste höher, immer höher steigen. Der Mond war bedrängt und hinter den Gewitterwolken wie in Gefangenschaft. Auch auf dem Gipfel würde ich nicht hoch genug sein, um die Wolken zu durchbrechen wie eine schwere eichene Tür. Trotzdem musste ein Held auch das Unmögliche versuchen. Ich musste daran glauben, dass ich wachsen konnte, ich musste darauf vertrauen, noch heute Nacht den Mond zu befreien, ihn mit meinem Pullover abzutrocknen und ihn als leuchtende, kühle Scheibe unter meiner Jacke zu wärmen.

Das Licht meiner Stirnlampe ließ die Augen erschrockener Tiere leuchten. Meine Schritte sollten ein Trostlied für den vom Gewitter gefangenen Mond sein, meine Spuren ein Hoffnungsschimmer für ihn.

Die Bäume neigten sich. Sie wehrten den Sturm ab und beschützten mich. Sie nahmen es in Kauf, zur Strafe für ihren Dienst vom Geröll und vom Wind entwurzelt zu werden oder mit traurigem Lärm zu zersplittern und zu fallen.

Noch weit unter dem Gipfel und weit vom Mond entfernt, dort, verließen mich die schützenden Bäume. Dort war nur noch die tobende Luft des Sturms, ohne Vögel, ohne Sterne, ohne Bienen, ohne Licht. Eine wilde, drängende Leere, gegen die ich ankämpfen musste, um nicht vom Hang gefegt zu werden.

Selbst die Lichter der Städte und Dörfer in den Tälern hatte die Leere verschlungen. Kein Anhaltspunkt weit und breit, nur die Beschaffenheit des Bodens, die ich bis in alle Einzelheiten kannte, verriet mir den weiteren Weg. Eine geschwungene Wurzel, ein zackiger Stein, der aus der Erde ragte, die Mulde, in der sich der Schnee noch bis weit in den Frühling hielt.

Dann war es, als würde der Mond ruhig und gelassen etwas flüstern. »Danke, dass du mich besucht hast, Hans. Du musst mich nicht retten. Ich bin in Sicherheit hier oben. Geh wieder nach Hause. Du bist schon zu lang auf dem Gipfel gestanden. Du kannst morgen wiederkommen. Ich werde Zeit finden, für dich zu leuchten.«

Gleißende Blitze gingen noch immer auf die umliegenden Gipfel nieder, spalteten die Bäume und rösteten Steine. Während sich die Füchse in ihren Löchern versteckten, während die Herden der Kühe, Rehe und Hirsche sich an den geschützteren Hängen zusammenkauerten und ängstlich abwarteten, stand ich als Berg inmitten des Landes und erbebte nur leicht, wenn der Donner wie ein brüllender Schnellzug über die Schienen der Lüfte ratterte.

Noch mehr Leben konnte ich mir nie vorstellen.

Du brauchst Bären, die dich schützen

Einmal stand ich mit meinem Vater vor unserem Haus in unserem Heimatort Weiz. Er sprach dieses Mal weder über die kommunistische Revolution noch über die Ungerechtigkeit und Brutalität des Lebens. Stattdessen zeigte er auf die Sterne. »Das ist der große Wagen«, sagte er mit leiser Stimme, »und das ist der Schwan.«

Den großen Wagen erkannte ich, beim Schwan war ich mir nicht so sicher.

»Der große Wagen ist eigentlich ein Bär«, fuhr mein Vater nach einer Weile fort. »Er hat einen Freund, den kleinen Bären. Die beiden Bären sind die einzigen Sternbilder, die niemals untergehen. Du kannst sie das ganze Jahr über sehen. Sie gehen nie schlafen.«

»Auch nicht am Tag?«, fragte ich.

»Am Tag sind sie nur unsichtbar.«

»Warum schlafen sie nicht?«, fragte ich. »Werden sie niemals müde?«

»Nein, sie werden nicht müde«, sagte mein Vater. »Sie passen unermüdlich auf die Menschen auf. Wenn ein

Drache kommt oder ein anderes Ungeheuer, dann sind die Bären da und schützen dich. Du musst sie nicht sehen. Du musst nur an sie denken. Dann kommen sie und vertreiben alles, was böse ist.«

Ich lag einmal am Waldrand auf der Hundwiler Höhe. Es war erst Anfang September und trotzdem sehr kalt. Ein kleines, kaum sichtbares Feuer hatte mich einige Zeit gewärmt. Inzwischen war es ausgegangen. Am Morgen würde ich die Asche vergraben, dachte ich, und niemand würde merken, dass ich da gewesen war.

Jetzt wärmten mich nur noch die heiße Suppe in meinem Bauch, die drei Pullover, die drei Hosen, die Jacke, die Mütze, der Schlafsack und die Bären. Ich brauchte nur an die Sterne zu denken, dann flogen meine Gedanken an den Fledermäusen vorbei in den klaren Himmel hinauf und riefen die Bären herbei. Der Kleine hatte für mich seit meiner Kindheit das weichere Fell. Das war der Bär, der Wärme spendete. Der Große hatte die gewaltigen Zähne.

Bei unseren Wanderungen durch Kanada hatten Eva und ich den Proviant auf Baumäste gehängt, um nicht mit dem Duft von Wurst oder Schokolade hungrige Grizzlys direkt zu uns zu locken, die uns auf der Suche nach noch mehr Nahrung zerfleischen könnten. Meine Bären in den Sternen waren anders. Sie besuchten mich nachts auf der Hundwiler Höhe und spendeten mir Wärme und Kraft.

Die Käuzchen riefen. Mein Blick versank in den Tiefen des Weltraums. Der kalte Windhauch, der mir über die

Augen strich, war wie der Fahrtwind der Eisenbahn. Im Flackern der Sterne fühlte ich die Bewegungen der Sonnensysteme, das Wachsen von Zwergsternen, die Explosionen der Riesen. Meine Augen fanden einen Satelliten, der seine Bahn um die Erde zog. So sprangen meine Gedanken zurück in das scheinbar zweidimensionale Anziehungsfeld der Erde. Die Kühe rasteten unweit von mir in der völligen Finsternis. Sie waren nur schwarze, atmende Flecken auf einem etwas weniger schwarzen Hintergrund.

Das Wissen sitzt in jedem Grashalm

Ich strich den Kühen gern über ihre nassen Schnauzen. Am liebsten den Kälbern. Ich ließ sie gerne mit ihren rauhen Zungen über meine Handflächen lecken. Ich mochte die lustigen Frisuren, die sie zwischen den Hörnern trugen, ihre langen Wimpern und die großen rollenden Augen.

Die Anwesenheit der Kühe auf dem Berg zeugte davon, dass es Bauern gab, die ihren schweren Beruf noch betrieben. Dabei verdienen sie mit der Milchwirtschaft kaum noch etwas. Sie waren seit Generationen mit dem Land verwurzelt, kannten es und pflegten es so, wie es nur jemand tun konnte, der von klein auf vertraut damit war.

In meiner Zeit in Kanada begeisterte mich die Wildnis. Die Natur präsentierte sich völlig unberührt am schönsten, fand ich. Doch die Wildnis hatte auch etwas

Gefährliches und Unwirtliches an sich. In den Wäldern rund um die großen Seen wurden die Bäume nicht hoch, weil sie sich in ihrem Wildwuchs gegenseitig behinderten und beschatteten. Die kanadischen Wälder waren unwegsam. Sie waren ein nasses, undurchdringliches Dickicht, ein Geflecht von Dornen und umgestürzten Stämmen, ein Labyrinth von Moskitotümpeln.

Die Landschaft um die Hundwiler Höhe lag dagegen friedlich und ruhig da. Die gepflegten, bewirtschafteten Hügel waren angenehm für das Auge. Die Forstwirte putzten die Wälder regelmäßig vorsichtig aus. Sie räumten umgestürzte Bäume weg und fällten angeschlagene. Die Wälder waren kühl, schattig und hell zugleich. Wer vom Gipfel der Hundwiler Höhe in die Landschaft blickte, sah aus den dunklen Wäldern auf den weichen Hügelketten hellgrüne Lichtungen leuchten. Dort weideten das Rot- und das Hochwild bei Nacht, manchmal von einem Jäger beobachtet.

Auf den Weiden auf der Hundwiler Höhe hatte das Gras eine angenehme Höhe wie in einem englischen Landschaftsgarten. Bei jedem Bauernhaus stand mindestens eine Linde, weil eine Linde zu pflanzen in dieser Gegend traditionell die Pflicht jedes Mannes war. Obstbäume säumten die Wege im Tal.

All das waren die Früchte der Arbeit von Menschen, die mit dem Land verbunden waren. Sie machten das Land liebenswert und schön. Jeder Grashalm hatte die Hingabe derer, die ihn pflegten, in sich aufgenommen. Jeder Grashalm schien diese Hingabe zu erwidern.

Das Wissen um die Bedürfnisse der Landschaft brauchten die Bauern nicht nur für das Weiden der Kühe und für die Pflege des Waldes. Sie wählten auch die Plätze für die Alphütten nicht zufällig. Dabei schöpften sie aus Wissen, das ihre Vorfahren durch Jahrhunderte weitergegeben hatten. Der Boden durfte nicht zu nass sein, sonst stieg die Wahrscheinlichkeit des Blitzschlags. Auch mussten ein guter Windschutz sowie Sicherheit vor Murenabgängen gewährleistet sein. Die Windströmungen mussten stimmen. Sie mussten im Winter den Schnee weg vom Haus wehen statt vor die Tür. Manchmal war eine bestimmte Stelle schlecht, während fünfzig Meter weiter schon alle Bedingungen perfekt waren. Es war den Bauernhäusern, den Sommerställen und den Berghütten anzusehen, dass sie nicht zufällig herumstanden. Sie harmonierten mit der Landschaft wie schlafende Kinder, die in sie eingebettet waren.

Sei dankbar für die Naturgesetze

Meine Hütte war in ihrem Sattel sehr stark dem Wind ausgesetzt. Ganz wie es die Bauern über Generationen hinweg geübt hatten, blieb ihre Tür immer schneefrei, während die Verwehung unterhalb des Sattels oft fünf Meter hoch wuchs.

Ich saß gern bei einer Tasse heißem Tee, während draußen der Sturm tobte, und hörte seinem brutalen Gesang zu. Die dünnen Wände der Hütte ächzten. Sie bogen sich und das Gebälk knarrte. Im Schornstein heulte es, als würde ein Schwarm menschenfressender Vögel hindurch flattern. Die Fensterläden polterten, als würden die Lüfte mit gewaltigen Fäusten dagegen hämmern.

Blitzableiter hatte die Hütte keine. Ein Pflock auf einer rund zwanzig Meter entfernten Anhöhe tat den gleichen Dienst. Schlug ein Blitz dort ein, schepperte alles in der Hütte. Das Geschirr, die Fensterscheiben, das Funkgerät. Alles freute sich, nicht getroffen worden zu sein. Bei solchen Gelegenheiten wusste ich die Genialität der Bauern, die über viele Generationen gelernt hatten, die Gesetze der Natur zu verstehen, erst richtig zu schätzen, und ich war während solcher Gewitter immer dankbar für die Verlässlichkeit der Naturgesetze.

Die Hundwiler Höhe wurde so sehr zu einem Teil von mir, dass ich so knapp wie möglich unter ihrem Gipfel wohnen wollte. Von einem Bauern mietete ich eine kleine Berghütte. Sie hieß »Göbsi« und lag südseitig in einem Sattel unter einer Anhöhe. Dort verbrachte ich zu allen Jahreszeiten viele Wochen. Ich war dort immer vollkommen allein mit dem Berg und lernte ihn dabei noch besser kennen.

Meine Berghütte am Südhang der Hundwiler Höhe

Die Natur zu beobachten ist ein Gebet

In dieser Einsamkeit verbrachte ich Stunden und Tage damit, die Natur zu beobachten. Ich sah den Himmel an und achtete auf die Veränderungen des Lichts. Ich genoss die Augenblicke, in denen ein Regen einsetzte, diese Momente, in denen sich die ersten Tropfen aus der Wolke lösten und die Stimmung der Landschaft gründlich veränderten.

Ich freundete mich mit einer Fuchsfamilie an, die unter einem Bergstall ein paar hundert Meter talwärts hauste. Stunden stand ich vor diesem Gebäude und sah in die Augen der kleinen Füchse, die flauschig und sonnenrot vor dem Stall hockten, während ihre Mutter auf der Jagd war.

Ich lauschte dem Wind und sah den Kühen beim Weiden zu. Ich lag in den Krokusblüten oder im Schnee und blickte auf die gegenüberliegende Felswand des hohen Säntis, die in der Morgensonne glänzte. So betete ich auf meine Art.

Ich sah Gott, oder wie immer man das höhere Wesen, das wohl die Welt durchdringt, nennen mag, in all den Details, die ich in der Einsamkeit aufnahm. Im schnellen Atem der kleinen Füchse. Im zuckenden Blick der Kolkraben und im Glanz ihrer Flügelfedern, im Wind, der durch die Lindenblätter strich, in den Bewegungen der Menschen im Tal und in den Straßenbeleuchtungen der fernen Ortschaften.

All das war so schön, dass ich gar nicht anders konnte, als es einem höheren, die Welt durchdringenden Wesen zuzuordnen. Wann immer ich den Funken des Göttlichen in den verschiedenen Erscheinungen zu erkennen glaubte, erfüllte mich Freude.

Holz zu hacken ist Meditation

Seit jeher schlossen sich Menschen zu Gruppen zusammen, unterstützten einander, sorgten für einander, schützten sich gegenseitig und teilten sich die Arbeit. Ein Einzelgänger hatte es immer schwerer als einer, der in eine Gruppe eingebunden war. Nur in einer Gruppe konnte sich eine Kultur entwickeln.

Der Druck des allgemein Üblichen, der dabei entsteht, kann bei der freien Entfaltung des Menschen hinderlich sein. Nicht zufällig war es in vielen Kulturen üblich, dass ein junger Mensch, der das Erwachsenenalter erreichte, einige Zeit allein in der Wildnis zubringen musste. Er sollte sich nicht nur als Überlebenskünstler beweisen. Er sollte lernen, die Welt ungestört von den anderen wahrzunehmen und über sie nachzudenken. Viele Mönche und Philosophen verbrachten Jahre in der Einsiedelei. Die meisten von ihnen auf einem Berg.

Wenn ich lange Zeit allein war, wurden selbst das Holzhacken und die Zubereitung des Frühstücks für mich zur Meditation. Mein Geist wurde frei und klar. Ich befasste mich nicht mehr mit dem Glück oder dem Unglück anderer. In der schönen, wenn auch ein wenig bedrohlichen Umgebung des Berges hatte alles diese klare Ordnung. Die Axt spaltete die Scheite, die Fasern lösten sich voneinander und der Widerhall des Axtschlags prallte vom Hang ab.

Die einfachsten und kleinsten Dinge wurden zu einem Beweis dafür, dass es etwas Göttliches geben musste. Es erfüllte das Land, den Himmel. Es erfüllte mich und machte mich stark. Es atmete die Welt, es schlug ihr Herz mit dem Puls des Schneefalls und der Schmelze, es atmete mich und schlug mein Herz.

Die Einsamkeit stärkte jeweils meine Sehnsucht nach den Menschen. So kehrte ich nach Wochen der Einsiedelei voll Freude zu meiner Familie zurück.

Schweige und lausche

Auf meiner Hütte gab es weder Fernsehen noch Radio noch Telefon. Für die Momente, in denen mich dort oben die Sehnsucht nach etwas anderem packte, baute ich mir ein Funkgerät. Der ehemalige österreichische Kampfpilot, bei dem ich in Kanada gejobbt hatte, hatte mir gezeigt, wie das ging.

Derartige Geräte ließen sich auf ultrakurze Wellen einstellen, die sich in gerader Linie ausbreiteten und nur eine begrenzte Reichweite hatten, weil sie nicht über den Horizont hinaus konnten. Sie ließen sich auch auf größere Wellenlängen einstellen, die von oberen Schichten in der Atmosphäre reflektiert wurden. Auf diese Art konnte ein Funker damit weit entfernte Funkstationen, etwa auf der anderen Seite der Erdkugel, empfangen.

Am liebsten hörte ich damit dem Flugfunk zu. Ich hörte die Piloten sprechen, während ich mir den klaren, sternenbesetzten Himmel ansah und zu erahnen versuchte, welches der Lichtpunkte dort oben gerade das Flugzeug war, dessen Piloten ich sprechen hörte.

Mein Funkgerät war oft tagelang mein einziger Kontakt zur Außenwelt. Ich nutzte es nur zum Empfangen, selbst sendete ich nie. Ich wollte keine Gespräche führen, sondern nur das Gefühl haben, mit der ganzen Welt verbunden zu sein.

Fang den Augenblick ein

Ich war schon seit meiner Kindheit hungrig danach, jeden Augenblick so intensiv wie möglich zu erleben. Ich suchte in jeder Kleinigkeit das Abenteuer. Auf meinen Reisen und später bei meinen Wanderungen auf die Hundwiler Höhe war es genauso. Schließlich schenkte mir Frank bei einem unserer späteren Zusammentreffen etwas, wofür ich ihm immer dankbar blieb. Es war eine Fotoausrüstung. Eine gute Kamera mit Objektiven, Filtern und allem Zubehör. Ich hatte schon immer gerne fotografiert. Mit der guten Ausrüstung wurde daraus ein Bestandteil meines Lebens. Sie motivierte mich, die Augenblicke einzufangen und sie zwang mich, das Licht zu verstehen.

Einmal blieb ich auf der Hundwiler Höhe fast drei Stunden lang stehen, um mir das Bild einzuprägen, das sich mir bot. Es war am Ende des Winters. Die Schneeschmelze war im vollen Gang und zartes Grün hüllte das Land ein. Ich stand oben auf einem kleinen Plateau. Knapp vor mir war der Boden noch schneebedeckt und weiß. Dahinter leuchtete grün die Weide. Der Horizont war hellblau. Über ihm standen dunkelgraue, fast schwarze Wolken. Weiß, grün, blau, schwarz. Zwischendurch bewegten sich die Wolken ein wenig. Vögel flogen durch das Blau und verzierten es als schwarze, lautlose Punkte.

Es war nur eine einfache Abfolge von Farben, und doch war da noch mehr. Es lag an der Dreidimensionalität des Ganzen. Die weiße Fläche zog den Blick geradeaus zum Grünen. Von dort sprang er nach oben ins Blau, das wie die Farbe der Unendlichkeit aussah. Schließlich kehrte er zurück in fast greifbare Sphären zum Schwarz der Wolken. Dazu kam die leichte Bewegung in dem anscheinend ruhigen und statischen Bild. Der Schnee rührte sich nicht, aber ich konnte ihn schmelzen fühlen. Das Gras zitterte ein wenig im leichten Wind. Die Vögel ließen mit ihrem Flug das Blau des Horizonts noch unbewegter wirken, sodass es den Blick in seine Unendlichkeit sog. Die Wolken veränderten langsam aber stetig ihre Form.

Der Schnee war kalt und schmutzig. Er bestand aus rauen vereisten Kristallen, die oft angetaut und wieder gefroren waren, und jetzt ging er dahin. Das Gras war nass, von nassem Staub und nasser Erde beschwert. Es erwachte erst zum Leben. Das Blau war glatt und tief wie das Meer im Mittagssonnenschein bei völliger Windstille. Die Wolken waren gefährliche Watte, dunkle, wuchernde, giftige Pilze, die ich trotzdem anzufassen versucht gewesen wäre.

Es war nur ein Augenblick. Im nächsten veränderte sich das Bild schon wieder. Das Blau wurde violett und dann rot. Die Wolken wurden noch dunkler. Das Grün wurde braun. Das Weiß wurde zuerst grau und dann orange. Alles Bilder, Anordnungen und Kompositionen, die mir erst mit der Kamera in der Hand richtig auffielen.

Mir ging es dabei nicht um die Kunst. Schon gar nicht ging es mir darum, einen Augenblick zu verewigen. Ich wollte ihn bloß intensiver erleben. Nur die allerwenigsten Fotos hob ich auf. Auch sie bedeuteten mir nie viel. Was war, das war. Was ist, ist immer das schönste.

SOBALD DU DICH AN DEIN LEBEN GEWÖHNT HAST, FRAGE DICH, OB ES DAS RICHTIGE IST

Einmal in den Neunzigerjahren lud Frank Eva und mich zum Skifahren nach Colorado ein. Damals sahen wir einander zum ersten Mal nach längerer Zeit wieder. Es gab viel Neuschnee und Frank wedelte am Pistenrand durch das leichte, für die Rocky Mountains typische weiße Pulver. Er war damals schon nicht mehr der Jüngste, hatte aber noch immer den Ehrgeiz, sich als bester Skifahrer von uns hervorzutun.

Die Hütte am Gipfel der Hundwiler Höhe (Vordergrund) mit dem Wohnhaus der Wirtin

Abgesehen davon war er ein ausgezeichneter Koch. Bei gutem Wein und Lammfleisch nach seinem Spezialrezept fanden wir Zeit für ein Gespräch. Wir sprachen zuerst über unseren einige Jahre zuvor verstorbenen Vater. Wir dachten darüber nach, aus welchem Antrieb er im Zweiten Weltkrieg desertiert war.

»Wir wissen beide nicht, was er alles erleiden musste«, sagte Frank. »Ich weiß aber noch genau, wie schwer es deine Mutter hatte. Es hätte auch für sie und dich bitter enden können. Auch meine Mutter hatte Angst. Unser Vater hat uns damals alle in Gefahr gebracht.«

»Er konnte wahrscheinlich nicht anders«, sagte ich.

»Er war ein Egoist«, sagte Frank. »Er hat nur an sein eigenes Gewissen gedacht.«

»Dann wäre jeder ein Egoist, der konsequent zu seiner Überzeugung steht«, sagte ich. »Ich denke, dass es unserem Vater nicht leicht gefallen ist.«

»Die Nazis haben deine Mutter mehrmals brutal verhört und er kam schwerkrank und behindert aus dem Krieg heim. Trotz seiner Ansichten, von denen ich die meisten nicht teilen konnte, mochte ich ihn. Aber ich bleibe dabei. Seine Überzeugung war ihm wichtiger als alles andere. Das heißt, er war sich selbst wichtiger als alles andere. Das ärgert mich.«

»Wärst du so gesehen nicht auch bloß ein Egoist? Du hast deine Überzeugungen. Wer das Geld hat, macht die Regeln, und so weiter.«

»Ich schaffe Arbeitsplätze. Ich sorge dafür, dass meine Mitarbeiter ihre Familien ernähren können.«

»Arbeitsplätze sind kein Akt der Gnade«, sagte ich. »Du bezahlst Menschen für eine Leistung, die du benötigst, um deine Ziele zu erreichen.«

»Worauf willst du hinaus?«

»Darauf, dass viele Menschen die Dinge am meisten an anderen stören, die sie selbst falsch machen.«

»Dann reden wir über dich«, sagte Frank. »Du hast dich entschieden, ein einfaches Leben zu führen. Das ist deine Überzeugung. Du tust nichts, wovon andere Menschen profitieren. Vielleicht bist du der größte Egoist.«

Das machte mir zu schaffen. Ich musste eine Weile nachdenken, ehe mir eine Antwort einfiel. »Ich bin für meine Töchter da«, sagte ich. »Ich arbeite an einer Schule, damit nicht nur ich habe, was ich brauche, sondern auch sie.«

»Das sind deine Töchter«, sagte Frank. »Was tust du für die Gesellschaft?«

Ich nippte am Wein. »Ich schaufle bei uns im Ort Schnee und kehre das Laub«, sagte ich nach einer Weile. »Ich sammle Kleider für die Bauernkinder. Ich habe ein Stück des Wanderwegs auf die Hundwiler Höhe ausgebessert, und als die Wirtin unter dem Gipfel ihre Hütte umbauen musste, habe ich ihr geholfen.«

Es war einer der wenigen Momente, in denen Frank anscheinend darüber nachdachte, was ein Leben wie meines wirklich bedeutete.

»Gefällt es dir bei mir?«, fragte er mich am nächsten Morgen am Skilift.

»Natürlich«, sagte ich. »Du bist ein guter Gastgeber.«

»Eva mag es auch hier?«, fragte er weiter.

»Klar. Sie mag unser großes Zimmer und die schöne Aussicht.«

»Warum bleibt ihr nicht einfach? Ich habe Arbeit für dich, wenn du willst. Du könntest in sehr viel besseren Verhältnissen leben. Deinen Töchtern würde es bestimmt gefallen und wir sind eine Familie.«

»Ich habe mir die Verhältnisse, in denen ich lebe, selbst ausgesucht.«

»Du könntest immer so wohnen wie jetzt, gut essen, ein gutes Auto haben und dabei eine tolle Aussicht genießen.«

»Die Aussicht von einem Hochhaus in Toronto?«

»Ich habe hier ein paar Hotels gekauft und bräuchte einen Direktor, dem ich trauen kann.«

»Ich dachte, es geht dir um die Zusammenführung der Familie«, sagte ich.

»Wir würden einander öfter treffen als bisher. Ich fliege regelmäßig her, um nach dem Rechten zu sehen. Was meinst du? Das ist doch ein Angebot, das du nicht ablehnen kannst.«

»Du verstehst eine wichtige Sache nicht«, sagte ich zu Frank. »Ich bin glücklich in der Schweiz. Ich habe dort meinen Berg und ein kleines Haus.«

»Eine Hütte wohl eher«, sagte er.

»Mag sein. Aber ich bin glücklich.«

»Und Eva?«, fragte er.

»Eva ist auch glücklich. Danke für dein Angebot, Frank.«

»Ich hatte nichts anderes erwartet«, sagte er. »Am Abend trinken wir noch etwas miteinander. Dann musst du mir von deinen Wanderungen erzählen.«

Niemand muss wissen, dass du da warst

Drei meiner Wanderfreunde sind auf der Hundwiler Höhe begraben. Sie liegen am Waldrand unterhalb des Gipfels. Ich gehe gern dorthin und bleibe eine Weile stehen. Der Blick fällt von dort hinüber zur Hundshenki.

Die Hinterbliebenen meiner Wanderfreunde hatten um ihre Grabstätten weiße Steine gelegt und jemand hatte eine Birke gepflanzt. Eines Tages war die Birke nicht mehr da. Zwei Jahre später verwendeten Wanderer die weißen Steine für ein Lagerfeuer, das sie in der Nähe machten. Eine Weile lagen die Steine dort im Kreis. Jetzt sind nur noch einige wenige übrig, die niemandem mehr auffallen und keinen Hinweis auf menschliches Wirken geben.

Ich finde das in Ordnung so. Grabsteine erfüllen ihren Sinn für Menschen, die trauern wollen. Alles andere ist Sentimentalität. Alles andere ist Eitelkeit. Es ist gut, unsichtbar über die Erde zu wandeln und spurlos zu verschwinden. Wenn ich gehe, werden meine Töchter und ihre Kinder und Kindeskinder bleiben. Meine Töchter werden einige meiner Fotos aufbewahren, auf denen Menschen zu sehen sind. Dann wissen alle Nachgeborenen, dass sie Vorfahren hatten, und ziehen vielleicht ihren Nutzen daraus, weil es für jeden Menschen gut ist, zu wissen, woher er kommt.

Alles andere ist überflüssig. Ein Mensch kann sich auf der Erde niemals verewigen. Vielleicht bleibt ein Haus, das er erbaut hat, hundert Jahre stehen, vielleicht sogar vierhundert Jahre. Doch nach tausend Jahren oder gar nach zehntausend wird es dieses Haus nicht mehr geben. Es wird auch die Friedhöfe nicht mehr geben, auf denen jetzt die Grabsteine stehen. Dabei sind zehntausend Jahre noch immer nichts gegen die Ewigkeit.

Wenn ich an der Stelle stand, an der unsichtbar für alle Wanderer meine drei Freunde begraben sind, dachte ich manchmal über mein Gespräch mit Frank über unseren Dienst an der Gesellschaft nach. Ich hatte danach lange das Gefühl gehabt, die richtige Antwort nicht gefunden zu haben. Manchmal dachte ich dort, dass, wer einfach lebt, keinen großen ökologischen Fußabdruck hinterlässt. Einer, der über einen langen Zeitraum mehrmals wöchentlich mit einem Privatflugzeug zwischen den Kontinenten pendelt, mag die Weltwirtschaft ankurbeln, aber sein Fußabdruck ist größer als die größte Weide auf der Hundwiler Höhe.

Schon in den Wäldern Kanadas bemühte ich mich, den Umgang der Indianer mit der Natur nachzuahmen. Wenn ich ein Feuer machte, grub ich vier Erdklumpen aus und legte zum Schutz des umliegenden Terrains Steine um das Loch. Wenn ich weiter zog, legte ich die Erdklumpen wieder an ihren Platz. Die Stelle sah dann aus, als wäre nie jemand da gewesen.

Du brauchst keine Angst vor dem Tod zu haben

Das ganze Zimmer schien zu beben. Es war der dritte November vor acht Jahren. Sobald ich aufgewacht war, packte mich eine starke Unruhe. Das Wetter war unwirtlich. Genau so, wie ich es am liebsten hatte. Es nieselte leicht. Der Nebel hielt sich in der Höhe der Baumkronen. Die Temperatur war nur knapp über dem Gefrierpunkt.

Ohne zu frühstücken packte ich meinen Rucksack. »Ist alles in Ordnung mit dir?«, fragte Eva.

»Oben wird es mir besser gehen«, sagte ich.

Eigentlich wollte ich langsam über einen der längeren Aufstiege zum Gipfel hinauf, doch wie ferngesteuert lenkte ich das Auto zum Bahnhof von Gonten, von wo der Aufstieg besonders kurz ist. Ich sprang aus dem Wagen und eilte über die verlassenen Kuhweiden zu dem alten Stall, unter dem die Fuchsfamilie ihren Bau hatte. Von dort ging ich weiter über meine ehemalige Hütte, die inzwischen ein Bauer übernommen hatte. Sonst blieb ich dort gern eine Weile und beobachtete, wie sich das Licht auf den Felswänden des gegenüberliegenden Säntismassivs verändert. Doch diesmal hielt ich mich nicht auf.

Die schwache Novembersonne und der Föhn hatten den Nebel und die Wolken ungewöhnlich schnell aufgelöst. Die Sicht war viel zu klar für die Jahreszeit. Nur wenige zarte Nebelschwaden verdeckten noch den hellblauen Himmel wie Seidenschleier. Die Fichten warfen scharfe Schatten auf das feuchte, kalte Gras. Die Äste schienen vollkommen unbewegt zu sein, obwohl ich den warmen Föhnwind im Gesicht spürte. Die Nadeln glänzten. Mir schien, als sei der Berg noch nie so schön gewesen.

An diesem Tag konnte ich die Ankunft auf dem Gipfel nicht erwarten. Ich wollte das Naturschauspiel von oben sehen. So schnell wie möglich wollte ich die kühlere Luft der höheren Lagen atmen. Ich wollte den frischen Windhauch spüren, der den Gipfel umweht. Ich freute mich auf den Kaffee von Marlies, der Hüttenwirtin.

Ein kurzes Stück unter dem Gipfel wechselte ich mein verschwitztes Leibchen und trank einen Schluck Quellwasser. Schon aus der Ferne sah ich, dass auf dem Geländer um die Terrasse vor der Hütte mehr Kolkraben saßen als sonst. Unwillkürlich dachte ich daran, wie Menschen, denen die Gemeinschaft das Begräbnis verweigerte, früher zum Mahl der Raben wurden. Aus derart unbegrabenen Körpern konnten, so glaubte man, die Seelen nicht ins Jenseits gelangen. In Tibet war es genau umgekehrt, dachte ich. Dort bestand die Bestattung darin, dass die Berggeier die Toten fraßen und in die Lüfte trugen.

Ich war schon fast oben. Die Bilder von Toten verließen mich nicht, als ich die letzten Meter in Angriff nahm. Mich schwindelte. Nahe dem Stall unterhalb der Hütte, wohl dem mit der besten Aussicht in der ganzen Schweiz, stellte ich meine Wanderstöcke ab. Mich schwindelte noch mehr. Ich fühlte, dass das kein gewöhnlicher Schwindel war.

Ich setzte einen Schritt vor den anderen. Es fiel mir schwer. Ich schaffte es gerade noch auf die Terrasse und ließ mich auf eine Bank fallen. Marlies war da. »Hans«, sagte sie. »Ist dir nicht gut? Brauchst du einen Cognac?«

Zu meiner Linken saß ein Rabe in Griffweite und wetzte seinen Schnabel am Geländer. Ich sah es, aber ich hörte das dazugehörende Geräusch nicht.

»Hans?«

Ich wollte einen Café Crème bestellen. Das »Café« sprach ich noch aus. Das »Crème« ging irgendwie nicht mehr über meine Lippen. Der Rabe sah mich mit einem seiner Augen an. In der kleinen Pupille entdeckte ich das Meer. Es war der abendliche Atlantik bei meiner Verlobung mit Eva. Der Wasserspiegel war ruhig und stürmisch zugleich. Die Sonne glitzerte im Kräuseln der Wellen. Der Regen peitschte das Blei der Gewitterwogen. Die Gischt schäumte in der Pupille des Raben.

Tief unten, in der Ruhe des Meeresgrunds, sah ich Eva und die Geburt unserer beiden Töchter. Ich sah die Kinder am Schulhof der Schule, an der ich gearbeitet hatte. Dort unter den Kindern war auch ich selbst. Ohne Schuhe. Gleich darauf stand ich mit Frank am Waldrand bei der Fliegerabwehrkanone.

Frank spielte Fußball und aus den Flugbahnen seiner Schüsse wuchsen auf dem Feld seine Fabriken. Meine Mutter gab mir einen Gutenachtkuss. Dazu brummte irgendwo über mir ein riesiger Käfer. Ein Hirschkäfer. Vielleicht war es auch mein Herz, das solche Geräusche machte, dachte ich.

Als ich wieder zu Sinnen kam, fühlte ich mich leicht wie in einer Hängematte. Es war laut, und doch kam es mir ruhig vor. Ein Notarzt beugte sich über mich. »Das war knapp«, sagte er, »aber es wird wieder.«

Ich lag in einem Hubschrauber der Rettungswacht. Durch die offene Tür sah ich unten das weite Land und die verstreuten Häuser, die der Legende nach ein Riese gestohlen und bei seinem Flug über das Land aus seinem Rucksack verloren hatte. Ich fragte nach meiner Kamera. »Ich will ein Bild machen«, sagte ich.

Der Arzt lächelte. Ich schlief ein.

Im Krankenhaus bekam ich eine Herzklappe aus Titan. Meine eigene war löchrig gewesen. Bei der Operation starb ich ein zweites Mal beinahe. Ich sah mich auf einer langen Schiffsreise ins Jenseits. Ich mochte Schiffsreisen. Es war ein gutes Gefühl. Ich war voller Zuversicht und Vertrauen auf das, was da kommen würde.

Danach konnte ich wochenlang kaum gehen und monatelang nicht sprechen. Ich sollte daheim im Bett bleiben, aber das gelang mir nicht. Sobald meine Füße wieder ungefähr das taten, was ich von ihnen verlangte, zog es mich zurück auf den Berg. Ich wollte nicht im Bett sterben. Wenn es schon so weit sein sollte, dann sollte es in der Natur passieren. Das wünschte ich mir von Herzen.

Von da an ging ich langsamer und machte unterwegs mehr Pausen. Durch den Zwang zur Langsamkeit entwickelte ich einige Rituale. Ich kontrollierte jetzt unterwegs die Stelle, wo früher die Steinpilze gewachsen waren. Ich blieb stehen, um das Moos auf den Bäumen zu befühlen und zu sehen, ob es feucht oder trocken war. Am Waldrand sah ich nach, ob alle Bäume an ihrem Platz standen, oder ob die Waldarbeiter einen gefällt hatten. Im Sommer und im Herbst sammelte ich unterwegs Beeren. Unten wuchsen Himbeeren, weiter oben eher Brombeeren und Heidelbeeren, ganz oben Preiselbeeren. Ich fand zu meiner eigenen Überraschung weitere Aussichtspunkte, an denen ich früher unachtsam vorbeigelaufen war.

Ich lebte von einem Tag zum anderen, und jeden Tag war mir klar, dass es mein letzter sein konnte. Es war, als würde ich schon im Hafen stehen, von dem mein Schiff ins Jenseits eines Tages ablegen würde. Ich genoss die Augenblicke und es gab nichts, das mich beunruhigte. Das Gefühl von Zuversicht und Vertrauen, das ich erlebt hatte, als ich schon einmal auf dem Schiff war, waren mir geblieben.

Was du wirklich brauchst, weißt du selbst

Das Leben ist wie ein kurzes, magisches Roulettespiel. Ein Spieler setzt auf ein paar Zahlen oder auf eine Farbe. Dann hofft er, dass er Glück hat. Er kann nie auf alles gleichzeitig setzen, sonst verliert er auf jeden Fall.

Als junger Mann wollte ich so ziemlich alles auf einmal haben. Ich wollte reich sein und von den Frauen bewundert werden. Gleichzeitig wollte ich einsam durch die Länder ziehen und nicht mehr haben, als ich zum Überleben brauchte. Ich wollte eine wunderbare Frau finden und Kinder mit ihr haben und gleichzeitig ein einsamer Wolf sein. Ich wollte ewig auf Reisen sein und gleichzeitig sesshaft werden.

Das Magische an dem Roulettespiel des Lebens liegt darin, dass jeder Spieler den Lauf der Kugel beeinflussen kann. Er setzt auf eine Farbe oder eine Zahl, dann kann er kämpfen, um zu beweisen, dass er die richtige Entscheidung getroffen hat. Er kann die Kugel zumindest annähernd zwingen, im richtigen Feld zu landen.

Die Farben und Zahlen verschwimmen ein wenig, wenn es der Spieler will. Ich fand die liebste und schönste Frau, ich habe mit ihr zwei wunderbare Töchter, und trotzdem hatte ich jederzeit die Freiheit, ein einsamer Wolf zu sein. Ich wurde mit meiner Familie sesshaft und trotzdem bereiste ich fremde Länder. Ich lebte so einfach wie möglich und bemühte mich, von Geld und Besitztümern unabhängig zu bleiben. Dennoch nahm ich Arbeit an, um meinen Töchtern einen angemessenen Start ins Leben zu sichern.

Ich schreibe diese letzten Zeilen auf dem Hang unter dem Gipfel der Hundwiler Höhe. In den Tälern liegt Nebel. Die Spitzen der umliegenden Hügel schwimmen darauf wie Schiffe mit Segeln aus Bäumen und Gras.

Der griechische Philosoph Diogenes, von dem es heißt, dass er in einer Tonne gewohnt hat, brauchte zum Leben nicht mehr als einen Wanderstab, eine Decke und eine Schüssel. Als er einmal an einer Quelle einen Knaben sah, der das Wasser aus seinen Handflächen trank, warf er auch seine Schüssel weg. So war er der Freiheit wieder ein Stück nähergekommen. Er war wieder einen Teil seines Ballasts losgeworden. Diogenes war deshalb nicht arm. Schon weil Quellwasser besser schmeckt als

Champagner, was auch nicht weiter verwunderlich ist. Es kommt direkt aus der Erde. Niemand hat es weiterverarbeitet. Es lässt sich mit bloßen Händen schöpfen, wie es der Knabe in der Legende getan hat, und es braucht keine Verpackung. Wer es trinkt, ist unmittelbar mit der Erde verbunden.

Ein einfaches Leben setzt allerdings wie viele der besten Dinge Überwindung voraus, um seine Vorzüge entfalten zu können. Für die meisten Menschen geht es darum, sich von ihren Glaubenssätzen zu verabschieden. Der Fernseher muss flach und groß sein, weil sonst keine Freunde zu Besuch kommen, um Fußball zu schauen. Das Auto muss stark und sportlich sein, weil die Frauen sonst von anderen Autofahrern begeistert sein werden.

Reich zu sein kann leicht sein. Ein Mensch kann zum Beispiel erben. Franz von Assisi, der den kirchlichen Legenden zufolge später ein einfaches Leben wählte, veranstaltete in seiner Jugend mit dem Geld seines Vaters prunkvolle Feste.

Aus eigener Kraft reich zu werden ist schon viel schwieriger. Mein Bruder Frank musste hart arbeiten, um seine Firma aufzubauen. Über Jahre hatte er kaum einen freien Tag. Er riskierte seine Gesundheit und nahm hohe Kredite auf. Er trug das Risiko, abzustürzen und alles zu verlieren. Die Geldeintreiber waren in den Fünfzigerjahren nicht zimperlicher als heute.

Freiwillig einfach zu leben kann mindestens ebenso schwierig sein. Der Verzicht auf das Unnötige kann zuerst eine Leere mit sich bringen. Scheinbare Freunde, die sich abwenden. Eine Familie, die den Weg nicht mitgehen will. Wer sich für ein einfaches Leben entscheidet, für den können die Veränderungen, die es mit sich bringt, zuerst wie eine richtig große Katastrophe aussehen.

Dabei ist es schwierig, den Wert eines einfachen Lebens mit herkömmlichen Maßstäben zu messen. Es verleiht keinen Status. Ein Mensch muss selbst erlebt haben, wie sich ihm der Wert der Dinge neu erschließt, wenn er zum Beispiel statt eines wohl gefüllten Geschirrschranks nur noch ein Messer, eine Gabel, einen Teller und einen Becher besitzt. Er muss selbst erlebt haben, wie es ist, wenn er aufhört die Welt mit Unnötigem zu belasten und sie ihn dafür mit Freiheit und Unabhängigkeit beschenkt. Wie es ist, frei zu sein für die Dinge, um die es im Leben wirklich geht, für seine Beziehung zu sich selbst, zu anderen und zur Welt.

Franz von Assisi tauschte der Legende nach auf einer Wallfahrt nach Rom sein goldenes Kaufmannsgewand gegen die Lumpen eines Bettlers. Einfach zu leben heißt aber nicht für jeden Menschen, seine Kleider gegen die eines Bettlers zu tauschen. Die Entscheidung für ein einfaches Leben muss ebenso wenig philosophisch wie religiös oder radikal sein. Ich trank Wasser in der freien Natur nicht immer nur aus meinen Handflächen. Oft war es schmutzig. Dann brauchte ich zusätzlich zu meinen Händen eine Flasche und ein Tuch, um die Schwebeteilchen, den Schlamm und die kleinen Wassertierchen herauszufiltern.

In meinem Leben gehörten zu den Dingen, die ich wirklich brauchte, auch ein Auto, mit dem ich meine Kinder zur Schule bringen und in die Berge fahren konnte, eine Kamera, mit der ich Augenblicke einfangen konnte, und die Mittel, um meiner Sehnsucht nachgeben und die Ferne suchen zu können.

Ich war weder Bettler noch Einsiedlermönch. Ich wollte nur ein einfaches Leben führen und das aus im Grunde sehr einfachen Überlegungen. Ich wollte nicht von unnötigem Besitz beschwert sein. Ich wollte mein Leben hier und jetzt besser und intensiver genießen, als ein Reicher es könnte. So kann ich meinen Geist zum Beispiel auf den Nebel unter mir lenken. Die tiefstehende Sonne lässt einzelne Schwaden leuchten, als würden kleine Brände in der Nebelfläche wüten. Die Sonne ist gerade erst aufgegangen. Die Raben schweigen.

Danksagung

Ich danke meiner Frau Eva, meinen Töchtern Ilona und Tanja und allen meinen Freunden für das Verständnis, das sie mir entgegen gebracht haben, wenn mein Freiheitsdrang wieder einmal zu groß wurde und ich allein in den Bergen oder unterwegs in fernen Gegenden war.